U0721335

梵净山抹茶之恋

山峰 著

中国大百科全书出版社

梵游记

1

一朵云在寻找一朵云

天空如镜

红云金顶[1]幽邃神秘

一个人在等待一个人

清风拂过

时间在梵净山[2]上停留

人间一趟

有些人成为你的心事

盘桓在承恩寺[3]

有些事会化成诗歌

走过山海辽阔

❶ 红云金顶即梵净山金顶，是武陵山脉的主峰，因其晨间常见红云瑞气环绕而得名。红云金顶是梵净山人文景点和自然景观的“聚景盆”，堪称绝世奇观。

❷ 梵净山得名于“梵天净土”，位于贵州省铜仁市的印江、江口、松桃3县交界。中国著名的弥勒菩萨道场，世界生物圈保护区网络（WNBR）成员，世界自然遗产。

❸ 承恩寺位于梵净山新老金顶之间，是梵净山顶寺庙群的主体建筑，梵净山四大皇庵之一。

2

我想送你一缕阳光

在你不晓得的情况下

轻轻地铺在你家院落

与那些花儿一起

与那些鸟儿一起

待你出门时

微笑挂满枝头

待你回家时

欣喜就在面前

3

度过今夜

你将迎来新生

你听到了吗

太平河[1]畔清风如歌

那是一个人对一个人的心心相惜

一个夜晚对一个夜晚的情真意切

[1] 太平河是江口县的母亲河，发源于梵净山麓的松桃县，从梵净山脚流到江口县，全长30千米。

4

夏天开始的那一天

谁也没有向春天挥手

因为所有人都以为

春天已经走了

其实春天没有离开

一直默默陪着夏天

走了一程又一程

这是河流和山川告诉我的

因为只有它们知道

春天对夏天的深情

5

这是一个让人欢喜的时辰

桃映河[1]边的金银花终于睁开了它的眼睛

昨天夜里

我起起睡睡

并未等到它绽放的那个瞬间

今天上午我欣喜若狂

只为能与你分享它的芳香

我闭上眼睛

一次次朝它靠近

默默祈祷

愿芳香能像春风一样飞行

抵达你所在的地方

[1] 桃映河系江口县桃映镇的母亲河，起源于松桃县境内，全长 83 千米，在江口县内有 28 千米。在不同段流有着高洞河、浑水河、寨英河、怒溪河、桃映河等多个称呼，一般称其上游为寨英河，下游为桃映河。

6

等你出镜　写你入诗

阳光越过蘑菇石[1]　清晨如约而至

有些风景一直都在　无论千年万年

有些祝福从未消失　无论白天黑夜

愿你一路走来　风景如画

愿你今生来过　爱情如诗

❶ 蘑菇石是梵净山标志性景观之一，由风化、侵蚀后残留的层积岩形成，既像天上飞来之物，也似地下生长而出，傲然矗立。

7

我一无所有地来过

也将一无所有地消失

我什么也没有带来

什么也没有带走

如果有一天

我被后人记得

不过是我到过车坝河[1]

并在那里开了一家书店

静待茶水微热

慢看天水一色

[1] 车坝河发源于大顶山，流经江口县，系抚溪江支流之一。河长 79 千米。其上游有柏果屯大峡谷等。

8

诗歌是世上最美的语言

你是我在世上最重要的风景

春天除了春天一无所有

我除了你都是空白

9

我站在门口

等待邮差的到来

我遥望远方期许看到他的身影

这是一天最安静的时刻

我满怀希望

远方不远在远方

他不远在心上

那梵净山上的黔金丝猴[1]啊

是不是也如我

天不亮就睁开眼睛

只为能早些看到曙光

[1] 黔金丝猴是国家一级保护野生动物，有“地球独生子”之称，仅存梵净山自然保护区境内，数量稀少，仅800只左右。

你是不是也如我

在一天最安静的时刻

满怀希望

10

我没有自己的名字
我走过的山和河
那是你留给我的一切
春天在山谷里流淌
没有你的时光
再多温暖再多温柔
我只是一颗石头
冰冷的石头

我没有自己的名字
我经历的日和夜
那是你留给我的一切
阳光透过树林

打在苏门羚[1]身上

我多么希望那是你的土地

辽阔没有边界

我们重逢

在没有计划的旅途

[1] 苏门羚是国家二级保护野生动物，当地人称为“野牛”，常年栖于梵净山保护区内常绿阔叶林带和常绿落叶混交林中，数量有限。

11

今天

山花烂漫的今天

我不想写小说

想走过你走过的田野

放声歌唱你的童年

今天

沉默寡言的今天

我不想出远门

只想待在清幽的冲底河滩[1]

为你劈柴烧火沏茶煮饭

[1] 冲底河滩位于江口县太平镇寨抱村，是江口县重要户外活动大本营，河水平缓，风光宜人，每年4—10月，游人如织。

今天

春风十里的今天

我不想赴樱花之约

只想坐上你的马车

穿过村村寨寨

和你一起从清晨到夜晚

12

人间热热闹闹

为何给我孤独

13

人生最美好的时光

莫过于在彼此心仪的地方小住时日

人间最美好的事情

莫过于在彼此喜欢的书中尽情畅游

你问我何时再相逢

我回你

夏日水长的时候

你笑了

阳光透过窗纱

洒落书页

幸福越过地落湖[1]

在我们的心上停留

[1] 地落湖位于江口县黄牯山东面山脚下，由三座水库连成，湖心有岛，岛上有秀峰寺。地落湖风光秀丽，是夏天避暑的好去处。

14

这一日

抹茶坡上

勤快的鸟儿把我叫醒

江口米豆腐[1] 嫩滑爽口

瓦寨锣鼓[2] 声从远方传来

金钱杆[3] 红带飘逸

我想起你跳萨朗[4] 的样子

想起你想起我的样子

我把美好的祝福送出

愿你安康幸福

❶ 江口米豆腐是江口县著名美食，主要原料是梵净山贡米和稻草灰，嫩黄鲜亮、晶莹剔透，配上特制的油辣椒，滑软可口。

❷ 瓦寨锣鼓是流传于土家族聚集区的打击乐，音响独特，感情纯真，使人身心愉悦。

❸ 金钱杆是江口深受百姓喜爱的舞蹈竹器，两头对称镶铜钱，红色飘带系两端。

❹ 萨朗意为“唱起来、跳起来”，为羌族歌舞的统称。位于江口县桃映镇的漆树坪羌寨是贵州唯一一个羌族群居山寨，每到羌历新年，热情的羌民敲起羊皮鼓，跳起萨朗舞，喜迎八方客。

15

很多年过后

没有人再记得我们

我们也不再记得我们

你告诉我

年轻是一瞬间的事

我们尽量把时光过成永恒

比如写下行驿[1]的夜晚

我们秉烛夜谈

直到月光越过河岸

树林传来鸟的啼啭

至于我们说了些什么

已不重要

因为人间的夜晚

无不灯火通明

[1] 行驿是江口紧靠太平河的知名民宿。

16

没有你的回应

我度日如年

黄昏将至

落日无光

17

人生如寄

每一步都是未知数

但求不辜负每一次相遇

18

我走过你的童年

走过珙桐[1]花开的四月

走过杜鹃花开的春天

我走过梵尘七舍[2]

走过兰花民宿

走过你的家乡　生你养你的地方

走过浓雾弥漫的清晨

走过霞光满天的黄昏

我走过所有的所有

只为遇见你

一个骑马驰骋的少年

走过圆形田

那是我心仪的地方

藏着一万个期许

❶ 珙桐是植物界的活化石，被称为“中国的鸽子树”，是国家一级重点保护野生植物，也是世界最著名的观赏植物。

❷ 梵尘七舍是太平河畔的知名民宿，民宿主人喜欢种植名贵兰花。

19

我多么希望能遇见你

此时此刻

这样我就不怕了

不怕狗吠

不怕蛇至

因为你是勇敢的人啊

我多么希望能遇见你

此时此刻

这样我就不走了

我会种地

我会劈柴

因为这是你的家啊

我多么希望能遇见你

此时此刻

这样我就不走了

我会你不会的一切

我愿意在你身旁被世人遗忘

因为这是你的家乡啊

20

我们向梵净山冷杉[1]学习

学会倾听

不带愿望

不带情绪

不生意见

就像树木聆听鸟叫

白云聆听风声

我们向尔玛神井[2]学习

学会付出

不带功利

不带回报

不带私欲

不生埋怨

就像阳光普照万物

雨露滋养花草

[1] 梵净山冷杉是梵净山特有的亚热带冷杉属植物，国家一级重点保护野生植物，列入世界自然保护联盟红色名录濒危物种。

[2] 尔玛神井是江口县桃映镇漆树坪羌族人唯一的生活水源，是高山上的生命之泉。

21

我想着你想着的事

我念着你念着的字

我哼唱你写的歌

今夜

我有很多话想对你说

却又害怕你听见我的声音

我想你一定以为我喝醉了

我没有喝酒

却醉在对你的思念里

不能自拔

22

虽然我们的相遇迟到多年

但我依然为此兴奋不已

你知道我在等你

跨越万水千山飞奔而来

23

我想到梵净山拾起最美的晨雾

制作成你喜欢的风筝

24

不再以呼唤春天之名呼唤春天

四月，我们彼此思念

25

我热爱这片土地

热爱日出与黄昏

热爱鸡鸣狗吠

热爱茶树经过樱花丛林

热爱蜜蜂沉浸花丛

热爱鸟儿飞过湖面

热爱天地辽阔

茶人辛勤耕耘

我用美好的一切为你祝福

26

有些爱未及言明

错过便是一生

有些人好容易相见

转眼再无重逢

27

每个早晨都是你的

每个夜晚也是

我想你不分昼夜

去见你又无比胆怯

28

我将离去

但山河会留下

并一如往昔

曾经爱我的人也将消逝

我们走过的地方

会日日更新

我们的相遇是一场虚空

即使曾经是那么的轰轰烈烈

我们的生命也是

无论发生过什么

也都不算什么

我不再计较什么

因为什么也不值得计较

我来过这

你也来过这

我们从一个虚空走向一个虚空

那是一年的春日

河水日渐清澈

树木慢慢深绿

它们也是

从一个虚空走向一个虚空

只留下鸟儿尽情歌唱

29

四月，诗歌飘荡的四月
四月，落英缤纷的四月
只剩下鸭子的白
和河水的清澈
只剩下远方的远
和人类的怯

四月，属于人类的四月
我思念你的思念
我祝福你的祝福
无恙山河
温柔人间

四月，春天从一个山头走向一个山头

从一个地方走向一个地方

满目生机　山河磅礴

我们只能困在原地

因为我们是人类

有时清醒　有时糊涂

相隔千山万水　我们依然同在

我能看见你的表情

有些忧伤，有些焦虑，有些惆怅，有些无奈

我移步山河

沉浸春天的美色

愿此时此刻的你

如我一般　永远相信

万物都在复苏

萎靡不振的世界亦可以

30

我能紧紧握住的

不过此时此刻

你坐在我身边

笑意盈盈

31

我们的春天被偷走了

人间最美的四月

我们被偷走的

又何止春天

在一天最美的时辰

以泪洗面

32

鸟声从泗渡[1]传来

我从梦中惊醒

这是一天最美的时辰

我写下我们的名字

并深深为之祝福

我们在春天已经流干了眼泪

愿夏日我们能获得新生

[1] 泗渡村位于江口县官和侗族土家族苗族乡南部，是一个特色民族村寨，村内散落着后溪侗族古村落，村子里河水潺潺，千年古银杏生机勃勃。

33

人间的很多相遇不了了之

愿我们的相逢能成为永恒

34

有些话想对梵净山上的雪花说

有些事想藏进鱼良溪的峡谷[1]中

[1] 鱼良溪峡谷长约 8 千米，境内景观独特，以雄奇险峻驰名。

35

我喜欢冬日的诗意朦胧

喜欢花团锦簇的春天

喜欢有你的日子

海阔天空

风轻云淡

36

过往的春天已经不复存在

即将到来的春天也即将凋零

你我只有此时此刻

无论是啼哭还是欢笑

37

在每个有风的夜晚

我倾听你的吟唱

那些被人遗忘的角落

已是繁花似锦

38

这春风吹过江溪[1]

也吹过我们家

采些野花回去吧

还有什么比留住花香

更让我们怀念春天呢

[1] 江溪屯位于江口县官和乡，是一个仡佬族村寨，生态迷人，民风淳朴。

39

你是花丛里的歌

吟唱我的生活

你是火星上的海

灿烂我的星河

40

想邂逅一场雪

清清白白走过你的陀街[1]

想拥抱一回晴天

天蓝云白走进你的夜晚

❶ 陀街是江口县城的一条街。陀街、新街和紧邻陀街被称为坳上的地方，是江口早期的繁华闹市，有“新街豆腐陀街酒，要玩要耍坳上走”之称。

41

习惯了早起

习惯了天还没亮

倾听楼道里传来清扫垃圾的声音

一个人对一栋楼的默默奉献

习惯了桥上突然开过一辆的士

一个人对一家人的辛勤耕耘

习惯了宁静的太平河岸回荡练嗓的呼喊

一个人对一座城的无比眷恋

每个人有每个人的使命

每个人有每个人的人生

我们起早贪黑

我们步履不停

习惯了在这座小城生活

书写悲欢离合的人间

42

人间一场都是慈悲

世上一遭都是欢喜

遇见云舍[1]遇见你

遇见过去未来

遇见自己

[1] 云舍位于江口县太平镇，有700多年历史，被誉为“中国土家族第一村”，环境优美，人文色彩浓郁，保留着最具特色的土家族古建筑——桶子屋。

43

我们穷尽一生努力

不过为了学会在残酷的现实里不焦虑惧怕

在顺风顺水的日子里不得意忘形

无论何时　无论何地

能保持平心静气

温柔以待

44

不知春城的风怎样

是不是和我这里的没有区别

短暂的在枝头停留　就飘向更远的地方

那些绽放的三角梅是它留下的

还有茶杯里的涟漪

我遥想此刻的你

是不是也有很多心事

风抵达的地方都是风景

你抵达的地方都是梦境

45

今天的太阳懒洋洋的

今天的我懒洋洋的

什么人也不想见

什么事也不想做

只想躺在草地上睡一觉

希望能做一个梦

我长了翅膀在空中翱翔

我变成鱼儿在水中游荡

泪水全无

烦恼尽消

告别人类的心事重重

46

一路前行

有很多相遇

有的是在你无所去时给你方向

有的是在你无所有时给你温暖

有的是在你无所助时给你光亮

人生漫漫　相遇成全

世界茫茫　都是慈悲

47

晚霞是黄昏送给白日的礼物

你是酒送给我的夜晚

48

我走过你生活过的黑湾河[1]

微微一笑

远处的雾要走了

我为你挽留

若有一天你回来

愿你能拥有此刻我拥有的

云彩倒映在水中

你和万物互成风景

[1] 黑湾河发源于梵净山东南麓，一路流经九龙壁、青龙洞、鱼坳等。全长约30千米，与其东边的马槽河等河流汇合成太平河。

49

我们走过千山万水

不过是百年孤独

我们经历沧海桑田

不过是空空荡荡

人生本身毫无意义

若有意义

不过是做过一件自己喜欢的事

与自己心仪的人走过一段旅程

50

我想经历你经历的一切

比如奔赴山水之间

我想走过你走过的黄昏

比如雨声此起彼伏

51

太阳亘古弥新

人类每天过的都是旧日子

不分昼夜　争吵不休

不分春夏　交锋不止

52

夏天的风在窗台停留

我的思绪却飘向远方

有些事想了一遍又一遍

有些人念了一回又一回

世界乱七八糟

人生空空荡荡

53

我们为华丽的衣服辛苦着

为豪华的住所辛苦着

为饕餮盛宴辛苦着

我们越来越忙　脚不沾地

我们没日没夜　满足虚荣

我们外表再富没有

我们内心再穷不过

54

如果有一天我能成为一名老师

我一定要以大自然为课堂

带着孩子们去旅行

我们席地而坐

看红腹锦鸡飞过森林

一起倾听河水流淌的声音

我一直坚信

我们是人不是容器

如果没有独立思考

大脑里装的知识越多

会让我们越笨

大自然是最好的智者

它不仅能让我们认识一切

更让我们认清自己并获得觉悟

55

我们努力不止

不过是为了成为自己想成为的人

没有太多的朋友却有太多的神交

简单而馥郁　孤独而芬芳

安然幸福度过余生

56

人生是一条路

有时笔直

有时弯曲

世界是一条河

有时平静

有时磅礴

57

最愉快的时光莫过于此时此刻

阳光越过漆树坪羌寨

一只鸟飞过窗前

翻开一本书慢慢看

书上这样写道：

一个人放下越多　越富有　计较越多　越贫穷

58

历史是一本书

翻着翻着就旧了

地理是一条路

走着走着就宽了

59

如果我能够

我要写下关于你我的过去

为黄昏　为落日

可是我不能……

60

我们想见的人很多

想做的事不少

每天如同陀螺转个不停

从小到大　从年轻到年老

无不是这样

从白天到夜晚　从夜晚到白天

无不是如此

可是不这样

我们还能怎样

我们不是在忙碌中就是在无聊里

除非我们转不动了

61

如果人间没有功利心

那该是多么美好的世界

如果人间只有慈悲心

那该是多么迷人的地方

只是人的大脑都是蜘蛛网

什么事情都想得很复杂

什么东西都想抓住不放

62

如果生命没有尽头

等待是一件多么幸福的事情

只是庄稼会成熟

水牛会长膘

你我会很快走向暮年

63

我突然想起人类的一些事情

忍不住流下眼泪

比如有些人失去家园

被迫流离失所

比如有些人不能远足

望着远方叹息

比如有些人失去生命

并非瓜熟蒂落

我热爱这苦难重重的人间

亦为我们的未来忧心忡忡

人类越来越聪明

却离智慧越来越远

64

关于春天

我晓得的不多

关于你

我知道得太少

但不妨碍我对春天的迷恋

也不会阻挡我对你的狂热

65

我没有特别想见的人

没有特别想做的事

只想一个人

坐在黄牯山[1]山头

看群山静默如谜

等炊烟袅袅升起

[1] 黄牯山位于江口县民和侗族土家族苗族乡，因酷似黄牯牛而得名，与梵净山南北相望，被称为梵净山的姊妹山。主要景点有开山神斧、讲经台、霞光崖等。

66

经历了一些事

你已不再是过去的自己

见过了一些人

你已变得越来越简单

人间处处有磨难

我们都在成长中

世界处处有惊喜

我们都在幸福里

67

大地之所以丰饶辽阔

是因为胸怀世界　无欲无求

人类之所以渺小丑陋

是因为自私自利　贪婪成性

68

有些地方总是让人念念不忘

去了还想去

有些人总是让人无法释怀

放不下　常想起

人生是一场艰难的跋涉

每一次相遇

都难分难舍

69

一眼万年

感觉曾到过这

不知何世

深情如许

感觉曾见过你

不知何时

想留住春夏秋冬

寸步不离

只和你

夜晚白日

心心相惜

70

人类从一个不了了之走向另一个不了了之

并在不了了之中循环往复

大自然从一个夏天走向另一个夏天

并在生机勃勃中来来回回

71

在这个夜深人静的时刻

河水流淌，清风掠过森林

我看到生命的辽阔与安宁

72

一春已逝　一春会来

一日将逝　一日会至

时间存在　仿佛又不存在

你在　似乎又不在

73

终究没有等到你的来信

虽然你说青春与年龄无关

但事实证明我们都已迈向暮年

一切都是那么小心翼翼

即使是一次简单的问候

也变得顾虑重重

只有青春是用来挥霍的

可以肆无忌惮

往后余生

都有太多背负

不知不觉中早已与勇敢决裂

74

春天轻轻告诉夏天

我要走了

夏天

不说一句话

只是下了一夜雨

只是落了一地花

75

每天都是初逢

每刻都有风景

如果　心向内　知生死

云淡风轻

76

人生本就千疮百孔

真正值得我们拥有的不是波澜壮阔的过去

也不是怦然心动的未来

而是能感受到彼此呼吸的现在

77

好久没有出远门

风景里已没有春天

五月风暖　石榴花开

想到辽阔湛蓝的水域看看

想攀登白鹤山[1]

想和你一起骑着自行车环游世界

五月

还有多少个五月

这余生

遇见

还有多少次美好

在人间

[1] 白鹤山距江口县城7千米，群峰高耸。主峰轿顶山呈鱼脊状，山顶有三石一松，一石似花轿，两石如屏风，一松在迎客，兼具华山之险与黄山之奇。

五月

我们相遇

我们重逢

我们饱含深情

我们热泪盈眶

无论什么发生

我们互相鼓劲

穿越苦难

继续向前

78

人间的夜晚灯火通明

我们在路口互道晚安

太多的生命不知去向

太多的日子没有影踪

我低头走过春天

看花落满地

转身看你

渐行渐远

79

真正成就自我的不是你的满腹才华

而是你有一颗崇高的心

并一直保持谦卑前行

80

人生不过瞬息

我们都是独一无二的

不暗自揣摩

不无中生有

内心不起波澜

天蓝云白　好好感受吹来的清风

林木花鸟　细细倾听自然的声音

81

假如我不曾见过你

原本可以承受孤独

82

望一望天上的云

看一看飞过的鸟

河岸平静如初

我心向往远方

知了声此起彼伏

樱树下有人停留

一双布鞋盛满阳光

一朵野花引来蝶舞

世界丰美　皆非我有

轻风拂过　树影婆娑

遥想官和[1]　有你走过

[1] 官和指江口县官和侗族土家族苗族乡，物产丰富，风景秀丽。明清两代官姓家族为当地大姓，其居住地抵头坝兴场市，称官家场。民国年间，官家场与狗牙场争斗，县长来此平息双方争斗，把官家场改为官和，把狗牙场改为民和，意为“官和民也和”，从此得名。

83

无边无际的海

辽阔深邃

古老的线装书

慢慢翻阅

感恩有你　闵孝[1]前行

大美山河　我已来过

在清晨　在夜晚

在蓝天　在星空

在慢慢的时光里

在深深浅浅的脚印中

平安吉祥　光芒相随

[1] 闵孝镇位于江口县城西20千米，具有得天独厚的地理优势，素有“东西枢纽”“西五瓶颈”之称。

84

每个夏天

都是最美的初恋

这个夏天也不例外

85

我在想

今天的你在昆明会有怎样的遇见

是不是如昨

天蓝云白　人心安宁

我在想　今天的我在江口会产生怎样的灵感

是不是一条河伸向远方

一个人浪迹天涯

你的过去我知道

我的未来你去过

86

一朵云飘过黄岩古寨[1]的上空

一本书走过一个人的清晨

有些相遇是命运的指引

有些重逢是上天的恩赐

这是一天最美的时辰

我看到你内心澄澈

这是一个季节最好的时光

我收获自在安宁

[1] 黄岩古寨是江口县怒溪镇的一个自然寨，紧邻黄岩大峡谷，抬头见青山，幽谷听鸟鸣，是一个自然和谐、人文共生的世外桃源。

87

我们希望的人生莫过于

年轻时　有一次最美的遇见

年老时　有一个相濡以沫的陪伴

遇见你　遇见桶子屋[1]

遇见天蓝云白　遇见灿烂星河

[1] 桶子屋是江口县太平镇云舍村最具特色的土家族古建筑，整体呈正方形，北高南低，上方为正屋，分中堂和左右厢房，下方为楼子。四面封墙，又称封火桶子。

88

你发来的照片

让我想起我比现在年轻 10 岁的时候

前往铜仁的路上

经过新寨[1]

一朵云在天上飞

一个人在路上歌

一朵花在远处慢慢绽放

那是一天的午后

湖水清澈如镜　群山静默如谜　人家幸福吉祥

那时的我　没有理想

若有

不过是想

一直在江口这片土地上

无休无止地流浪

[1] 新寨村位于江口县桃映土家族苗族乡，是地处闽孝河南岸的一个自然寨。全寨背山面水，古树清幽，每至深秋，水绕山环，层林尽染，让人流连忘返。

89

总有一个人让你怦然心动

总有一片山水让你心潮澎湃

总有一段时光让你百感交集

总有一种天象让你心心念念

90

当一个人有了心机

一如清水的坦荡就消失无影

当一个人不再单纯

世界最美的东西就与他保持距离

91

树木静默　虫鸟的叫声此起彼伏

秧苗不语　偶尔有一声鸡鸣

人们还在睡梦中

我想起你来　想起有那么一个清晨

云雾团团　白白软软

我们骑马走过寨沙[1]

远处传来侗族古老的歌谣

[1] 寨沙指江口县的寨沙侗寨，地处梵净山和太平河风景区，自然风光优美，侗族风情浓郁。

92

你来　来与不来　山都在

风语云起时

你去　去与不去　云都在

水歌雾舞时

我不言不语　不急不躁　不愁不烦

不痴不恋　不愁不欢

手握一缕清风　静看山川若画

93

星星等了一个晚上

月亮什么也没有对它说

云朵笑了

我等了一个白日

你一个字也不带给我

花儿谢了

在人间

有多少个夜晚是欢喜的

就有多少个白日是忧伤的

一日走过

一日来

一日晴天　一日雨

我们在现实中　亦在梦境里

94

如果太阳不起床

世界将永远在黑暗中沉睡

如果月亮不起床

我对你思念将永远悬在空荡荡的夜空

95

有些人只是为了成全某些人相遇

有些事只是为了让某些事圆满

世界很大　有多个频道多种频率

我们今生的欢喜不过多遇上些与自己同频的人

并携手走过一段柔软时光

96

记得在清晨

看一朵花开

记得在夜晚

仰望星空

记得在工作的间隙

闭上眼睛眯一会儿

什么也不想

仿佛走进亚木沟[1]

像苔藓一样

安安静静

[1] 亚木沟在太平河岸边，毗邻梵净山，是梵净山生态文化旅游的重点卫星景点。

97

我对森林无限向往

又对它无比恐惧

我心向往远方

却又止步不前

我想见你　又没有勇气

日子像生了锈　心像上了锁

狗在叫　云在飘　风在吹

树在摇　草在长　人在老

98

云朵远远地看着月亮

它无法抵达月亮的所在

眼有泪痕

这是宇宙中的寂寞

古银杏满身金黄

红豆杉在风中欢笑

金丝楠沉默不语

我来到金盏坪[1]

却没有勇气推开你的门扉

心有忧伤

这是人间的孤独

[1] 金盏坪位于江口县德旺土家族苗族乡，这里溪流纵横，古树参天。

99

我愿行走山间

与野花、蝴蝶和蚂蚁为伍

我对天上的云朵喋喋不休

又慢慢悠悠静看阳光越过河岸

我没有什么远大的梦想

只想慵懒度过每一天

100

日子天天过　或悲　或喜

岁月日日走　或快　或慢

小的在长大　年轻的在变老

各人有各人的心事　各人有各人的忙碌

人与人之间看似简简单单　却又千结难解

人与人之间看似亲密无间　却又互相厌烦

每个人都厌倦当下的生活　想放下所有　特立独行

决心下了千遍万遍　终究舍不得　终究不勇敢

还是在常人之路不离不偏

这就是我们

平庸之辈　鼠目寸光地活着

像一头牛一样　累死累活地活着

像一条狗一样　卑微无聊地活着

活得花枝招展　活得牛逼哄哄

活得忘乎所以　活得死去活来

101

好景就在一刹那

好事不过一瞬间

兜兜转转遇见你

花开花谢又一年

102

如果你将进入睡梦中

请务必告诉我

我将不再等待

就像星星等待孩子的眼睛

森林等待百鸟争鸣

103

余生还剩多少

扪心自问

很多事情就不是事情了

一年还剩几日

自问自答

很多相遇就不会糟蹋了

104

身体渴了

用水来解

心灵渴了

到大自然中寻知音

105

万物都不灭

瞬间皆永存

我看见你眼神如火

嘴唇鲜红

看见你皱纹满脸

身心老朽

往日来到身边

未来环绕周围

时间是一条河流

只有持续流淌的身影

你是一座山

春去秋来

四季流年

106

我们所走过的路

所努力的一切

不过是为了讨好我们的感观

不眷念往昔

让过去成为过去

不沉浸此刻

让此刻烟消云散

不忧虑未来

让未来沉入大海

没有什么

什么也没有

放空身心

一切有如初生

阳光温柔如水

头顶天蓝云白

你我就像梵净山下的孩童

天真无邪　热爱人间

107

古老的侗族大歌从寨沙飘来

我想起我们的童年

那时我们不晓得远方

沉浸在歌声的海洋

那时我们赤脚在田埂上奔跑

蜻蜓在我们的发梢停留

青蛙跳过我们的脚背

秧苗像花儿一样好看

清风徐来

我们看见太阳的光芒

108

人生寄世

梦幻泡影

有时不如一株野草自在

因为有茶

生命多了些许温柔

因为有你

人间多了几分有趣

109

一生若有一个建筑梦，

那不过是到怒溪骆象[1]盖一间茶室

小壶一把

自酌自饮

香不涣散

味能保留

轻风拂过茶林

不远处传来你来访的脚步声

[1] 怒溪骆象指怒溪镇骆象村集体茶园，是江口县生态绿茶和抹茶的原材料生产基地。面积广袤，空气清晰。

110

我想和你一起

任时日荒废

任岁月蹉跎

在这个夏日的早晨

我们轻轻走过神龙潭[1]

慢看阳光拂过树尖

静等一朵花悄然飘落

[1] 神龙潭位于云舍村，是下降泉。泉眼及底为一暗河出口。神龙泉能预测天气，久晴，涨潮，不久几日便会下雨；久雨，落潮，几天便转为晴天。

111

我想穿越记忆的迷雾

抵达梦境

就像飞机穿越云层

抵达蔚蓝的天空一样

那里藏着一个日记本

我隐约记得扉页这样写道：

我们活着的意义是什么

在无限大的宇宙空间里

我们无限渺小

在无限长的时间长河中

我们转瞬即逝

我们拥有的都会失去

走过的地方毫无痕迹

112

宇宙无始无终

时间无穷无尽

我们从何而来

又将至何处

我们何时降临

何时终了

没有人能给我们答案

我们也无暇顾及

忙忙碌碌

糊里糊涂

从白日走向夜晚

从夜晚走向白日

阳光灿烂　满天星辰

113

我愿世间所有的人都心怀感激

相遇都是阳光雨露

美好如佛光出现在梵净山

我愿世间所有的人都保持谦卑

互相信任

像孩童一样无忧无虑

我愿世间所有的人都平起平坐

不用谁向谁低头

沿途野花绽放

人人都是笑颜

114

世界若有最美的幸福

那不过是你对我的回应

人间若有最美的风景

那不过是你与我同行

115

喜欢独处

喜欢一个人在某处欣赏某物

喜欢行走

喜欢轻风拂过脸颊

喜欢你喜欢的一切

万物静谧　人间安宁

一朵花慢慢开放

一条河细水长流

一个人渐行渐远

116

任何喧嚣都会消解对自我的认知

117

安静的树木永远在倾听

叽叽喳喳的人类早已分崩离析

118

人在不停地奔跑

跑着跑着就有了

跑着跑着就没了

水在不停地流动

流着流着就浑了

流着流着就清了

世间万物

无时无刻在变化着

又无时无刻在不变中

119

我们的痛苦源于欲望的层出不穷

我们的快乐源于看破　放下

如果可以

我们与现在的生活作别

在江口找一个依山傍水的偏僻之地

搭一所房子

在房子的周围种上你喜欢的花花草草

我们日出而作　日落而息

安静淡然

与世无争度过余生

120

竹叶上的露珠是你留下的吧

让我想起我们分别那天的眼泪

梵净山上的雾气是你留下的吧

让我眼前浮现你说过的梦境

人生就是一个别离跟着一个别离

一个相逢挨着一个相逢

走着走着都忘得一干二净

唯有你在某个早晨会让我想起

我们之间就像此刻的江口

好像看见又看不见

好像有又好像没有

一切都朦朦胧胧

一切都让人浮想联翩

121

人与花是一场缘分

人与人又何尝不是

养花也在养自己

心静人安

赏花也在赏世界

佛是慈悲

122

想慢慢地拍一部电影

从春天拍到夏天

从夏天拍到冬天

想慢慢地和你聊天

从早晨到黄昏

从黄昏到夜晚

如果人生可以

我愿重新来过

重新认识我自己

重新和你在大河堰偶遇

那个黄昏

牧童回家　倦鸟归巢

我是那个问路的人

而你是那个指路的人

我们走远了

蓦然回首

最后情不自禁相向而行

越走越近　紧紧相拥　喜极而泣

123

这是一个迷人的上午

水如爵士乐在山间演奏

我什么也不是

我什么也没有

除了虚空

还是虚空

一只鸟飞过黑湾河

没有留下痕迹

124

如山如雪

走过如花似玉的岁月

来到轻描淡写的年纪

你轻声安慰我

如诗如画

如风拂过高墙梯田[1]

[1] 高墙梯田位于江口县坝盘镇高墙村，每到春耕，群山掩映，层层叠叠，流光溢彩，好似一幅美妙绝伦的山水画卷。

125

什么也不想

睡吧

我们都是孩子

虽然已经长大

什么也不想

睡吧

继续的事留给明天

今晚有梦就好了

夏天的风吹着

夏天的雨下着

睡吧

我们都是孩子

虽然已经长大

126

要有怎样的心境

才能养出这么动人的花朵

要看透多少人生

才能欣赏花的静美

人间忙忙碌碌

相遇急急匆匆

总有一些人会成为你心中的风景

总有一些美好会永留你心间

127

红云金顶云彩飘荡

我轻声为你祝福

愿你不是生存而是生活

在宁静安然中度过一生

有甘霖般的友谊相随

有矢志不渝的爱情相伴

愿你能成为自己的朋友　主人　而非奴隶

能宁静淡然度过每一天

不怨叹过去

不惧怕未来

128

梵净山的一年四季都是雨季

尤其是夏天

一阵太阳一阵雨

贵州的一年四季都在过节

尤其是秋收过后

从寨子出来的人都是醉的

129

这是一天最美的时辰

太阳刚睁开眼睛

竹叶上的露珠发出金光

晾晒在斗篷上的豆腐干[1]清香扑鼻

邻居家的鸽子在栏杆上飞来飞去

白鹭在浅水滩踱步

我收到你来访的信息

有些欣喜有点忧伤

我面对太阳升起的方向

百感交集

我想起一些往事

包括与你初见的情形

那时我们都还年轻

[1] 豆腐干是江口县著名特产。其形方正，薄如蝉翼，色泽嫩黄，风味独特。在江口县城豆腐街，人家屋檐前挂满竹编大斗篷，用于晾晒豆腐干，已成为江口一景。

不像现在胡子拉碴心事重重

我记得当年的你喜欢笑

脸上的酒窝能装下整个太平洋

今天的重逢会是一个什么情形

我无法想象

因为这些年的经历不好描述

或许我们久久相拥大哭一场

也或许我们只是静静地坐一个下午

临别时互相拍一拍对方的肩膀

130

我们走过的日子繁花落尽

万家灯火的夜晚铺满太平河

世界给我的

我都给你

我给你的

你给最需要的人

131

人与人之间的缘分有时是一个午夜

有时是一个清晨

有时只有互相回眸的一瞬

无论如何我永远记得你

就像清晨一直记得

鲜花的微笑

夏天一直记得

瀑布的歌声

小船一直记得

湖水送给它的美好旅程

132

越来越喜欢简单古朴的东西

越来越喜欢到自然原始的地方

在一个远离人家的河岸

一炉火　一壶茶　一坐一下午

做一个单纯无忧的孩子　慢听雨落风吹

133

我的一生

还剩下几个春天

无论如何

我得心怀感激

哪怕只剩下一个

因为

我热爱这个世界

从未对它放弃

因为我喜欢你

再不想分离

134

人活一世

不能太把自己当回事

需要不断觉悟

不能老活在自己的认知里

也不能老活在所谓的经验中

生命转瞬即逝

世界丰富多彩

即使一无所有

最极致的风景与人文

一定竭尽所能早点去看

人类的智慧往往只属于极少数人

如果有缘与先知智者相遇

并获得开导

一定要舍得抛开所有

重新规划余生

生命之光的获取

太多的时候并不在校园里

人生力量的获得

更多的时候

是在我们前往远方的路上

135

有多少约定真实不虚

有多少相遇不会哭泣

有多少个春天

我能再等到你

136

这是一个让人心碎的早晨

突然到来的大雨可能会加速金银花的凋零

我想起远方的你

是不是和我一样伤心

137

那些千篇一律的日子该一笔勾销

我热爱你热爱的世界

我们一起奔赴

直至化作虚无

138

此时此刻

你在做什么

是不是如我

目送春天远去

眼泪轻轻滑落

还有多少夜晚属于人类

可以仰望满天星空

还有多少鲜花属于春天

盛开在故乡的田埂

这是一个令人沮丧的夜晚

大雨倾盆

139

还有多少人心怀感激

对我们脚下的这片土地

还有多少人记得你

年少时的那些天真顽皮

每个人都急急匆匆

好像这四月的光景

天上白云飘荡

我的心向往远方

我不知道为什么

总是想逃离

到一个没有人烟的地方

140

阳光慵懒　躺在河床上

一只白鹤飞来

停在水中央

我好像有很多心事

又什么事都没有

我好像想喝茶

又想喝卡布奇诺

我好像想你

又好像对你已经遗忘

一首老歌在耳畔回旋

我叫不出名字

只是让其回旋

就像写的关于你的文字

一直在写　却又不知写了些什么

141

植物从不隐藏春天

我从不隐藏你

万家灯火的夜晚

我写下关于你的诗句

142

梵净山上的云像一部佛经

风在朗诵

我在聆听

143

我想写一首诗

为你

关于清晨

茶叶刚刚睁开眼睛

144

时间有时短得来不及

有时冗长得没有尽头

无论发生什么

我一直坚信经历的酸苦

是为了成就美满的幸福

走过的沟沟坎坎

是铺垫理想的路

145

我想写一封信给你

但又无从下笔

黄昏给白云一份礼物

把它的衣裳染成金黄色

我给你一份思念

月亮对星星的陪伴

146

想写一些关于勇敢的文字

落笔却是时间的无情流逝

147

愿你永远对世界保持好奇

并勇敢去尝试你喜欢的一切

纵然已经一把年纪

不再风华正茂

愿你永远热爱生活

对人间满怀深情

纵然一败涂地　遍体鳞伤

148

这是夏天最美的夜晚

我想为你写首诗歌

关于礼赞生命

关于吟咏爱情

轻风拂过山河

鲜花在你经过之处绽放

149

逝去的时光

渐渐模糊不清

曾经的一切

再无处寻觅

唯有江口的山山水水

花草树木　地久天长

每次相见　都是初逢

150

我们已经很久没有联络

即使是节日的问候

我们很久没有见面

即使相隔不远

我们的关系疏远又亲密

我的日子缓慢又匆忙

我们各忙各的

我们各就各位

日子就这么走着

走着走着

我们就散了

不知不觉中

151

还有多少人去细读一本书

还有多少人去慢等一个人

还有多少河流是清澈的

还有多少庄稼让人放心

还有多少孩子拥有童真

还有多少土地还有安宁

还有多少夜晚让人入眠

还有多少天空碧蓝澄静

还有多少阳光明媚灿烂

还有多少笑脸带着真诚

还有多少山村让人怀念

还有多少眼泪没有滴血

还有多少时间留给地球

还有多少人还关心人类

152

我们困在苦难里

不能没有希望

我们热爱生命

不能没有爱情

我们崇尚自由

不能没有远方

153

天地无限辽阔

脚步能抵达的地方少之又少

时间无限悠远

生命能长久的不过百年

本是过客

生拉硬扯是主人

本身卑微

自以为是最尊贵

人类的幸福源于自知

人类的不幸因为自大

154

我一路寻觅

不过是为你

这一生疲惫有一个地方安放

这一口茶汤能让人心安

155

人间的早晨生机勃勃

我们在江口相遇重逢

秋天已经到来

夏天已经离去

我们不说其他

只是互道安康

人生旅程弯弯拐拐

我们唯有互相祝福

156

一事过去　一事又来

每天有做不完的事

一人作别　一群人又来

每天有见不完的人

你像一架机器一样周而复始　转个不停

没有什么新鲜事　现在不过是过去的重复

日子枯燥乏味　岁月千篇一律

这完全不是你想要的生活　但这就是生活本身

没有什么味道　却又酸苦辣甜

看似风平浪静　却又险象环生

157

日日皆好

最好是今日

昨日已过

失而不会复得

明日将至　一切尚未可知

唯今日握在手中　晴雨明了　前途清楚

可快进　可慢度　可浪费可珍惜

158

择一寨终老

群山碧透　流水叮咚

男耕女织　木楼人家

择一地欢喜

芳草鲜美　落英缤纷

时光慢度　围炉夜话

159

有山有水有良田

有花有树有人家

有情有意有你我

有诗有歌有远方

阳光作伴，岁月悠悠

时光慢慢，白雾听香

不要问我从何处来　将至何处去

我本无何处来　本无何处去

160

一地鲜嫩　晨抹白雾　夜捧繁星

一人家　一河流

一山川　一琴弦

时光静好　人悦花开

161

一切皆是幻影

唯爱永恒不息

一切变幻莫测

唯太阳升起如常

162

我能为这个世界带来什么

而不再首先要求这个世界能给我带来什么

当你学会这样思考的时候

你的人生就开启了新的篇章

163

我比现在年轻时

凡事以自我为中心

怀才不遇的烦恼总萦绕于我

后来渐渐懂得

“己欲立而立人，己欲达而达人”

不再唯我独尊　希望世界因自己而更美好

格局从小溪变成大海

人生也变得更加丰富宽广

笔下的故事也从小爱变成大爱

164

壳再光鲜亮丽

也只是壳

螺蛳有肉

全在肚里

165

我们总以为一生久远

还有很多用不完的明天

所以偷懒　所以拖沓

所以盲从　所以得过且过

未知死　焉知生

死亡让我们明白生命的可贵

我们唯有把每一天都当作生命的最后一天

去生活　去工作　才能活出精彩　让生命走向永恒

166

人世间原来本没有大牌

大牌都是逼出来的

自己逼自己　别人逼自己

逼到无路可退　无路可走

只好死里求生　开创一条全新的道路

随着这条路的被发现

被争议　被行走

大牌就从这条路上冒了出来

167

我来　只为遇见

不求最美　只当是缘

缘的派遣　相逢一笑

你来　只为重逢

不求最美　只为还愿

愿的美好　一生念牵

168

因一家书店恋上一座城

因一本书爱上一个人

因一个人写一本书

因一本书建一座城

在这座城里开一家书店

在这家书店里等一个人

这就是你，你的一生

169

人生不是生意

活着不能苟且

不贪恋一城繁华

学会放弃　舍得放下

全世界都是你的世界

你的世界就是全世界

170

大地上没有相同的河流

蓝天上不会有相同的云朵

不要去和别人比　你是你自己

过去是　现在是　未来是　独一无二　天下无双

171

不灭的梦想总会实现

或在今日　或在明天

相似的灵魂总会相遇

或在今生　或在来世

172

你一定要放下狭隘

走出孤独

拥抱无限包容的辽阔世界

你经历的苦难会成就你

溪流潺潺属于你

花开一片属于你

森林广袤属于你

道路开阔属于你

窗户打开

阳光照亮你的心田

173

大地之所以丰饶

因为它滋养万物

你之所以辽阔

因为你大爱人间

谨以此书致敬江口这片土地

致敬曾经和正在这片土地上工作和生活的人们

致敬我在江口度过的每一寸光阴

谨以此书献给我所有的相遇重逢

献给梵净山

献给抹茶

献给到过和正在前往梵净山的人们

山峰 著

中国大百科全书出版社

图书在版编目（CIP）数据

云在江口 / 山峰著 . -- 北京：中国大百科全书出版社，2023.4
ISBN 978-7-5202-1321-9

Ⅰ . ①云… Ⅱ . ①山… Ⅲ . ①中国文学—当代文学—作品综合集 Ⅳ . ① I217.2

中国国家版本馆 CIP 数据核字（2023）第 054809 号

出　版　人　刘祚臣
策　　　划　刘　嘉
责 任 编 辑　陈　光
责 任 印 制　邹景峰
出 版 发 行　中国大百科全书出版社
地　　　址　北京市阜成门北大街 17 号
邮　　　编　100037
网　　　址　http://www.ecph.com.cn
印　　　刷　北京汇瑞嘉合文化发展有限公司
开　　　本　787 毫米 × 1092 毫米　1/32
印　　　张　12.125
字　　　数　130 千字
版　　　次　2023 年 4 月第 1 版
印　　　次　2023 年 6 月第 2 次印刷
定　　　价　88.00 元

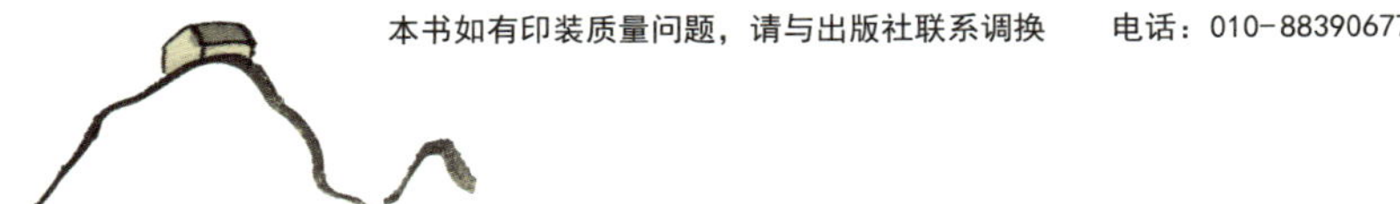

目录

云在江口

中篇小说

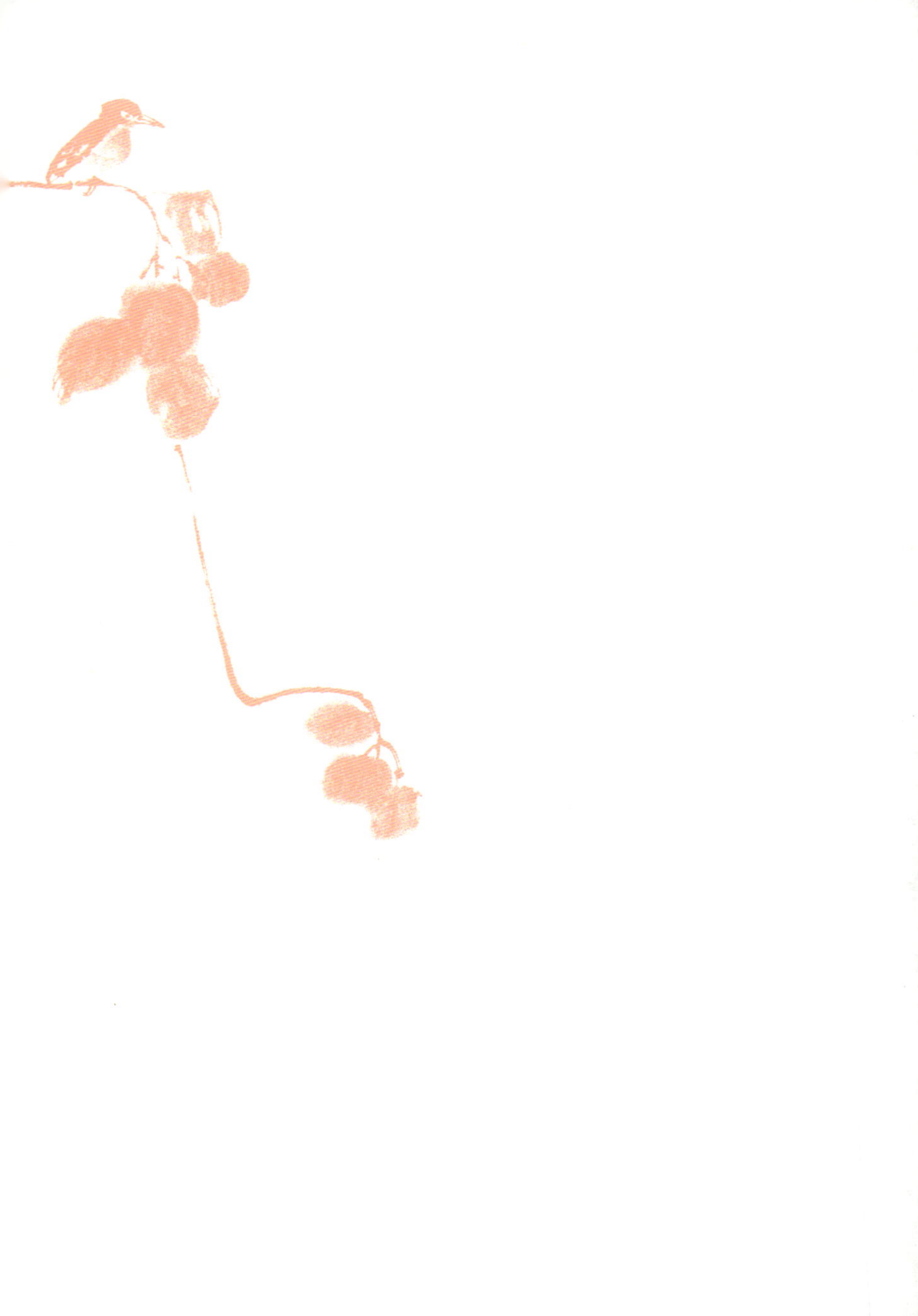

“这里的山，与其他地方的山，有很多不同；这里的水，与其他地方的水，有很多不一样。如果你坐下来，静静地待上半天，你会发现，你是多么的愚蠢，在很多不属于你的地方，浪费了太多的时间。你早该到这里来，并长留久住。因为，这里的山胖墩墩的，是多么的祥瑞啊；这里的水清澈如镜，是多么的甜美啊。我们穷尽一生，追求什么呢？不过是寻得一片山水，心心念念，与一个人偶遇，一见钟情。”

云栖给我们说这段话时，他正在做抹茶，茶筅快速击拂，沫饽很快在茶碗中泛起。他动作优雅，表情淡定，全身上下透出一种看透人生的洒脱。那是一天的上午，浓雾还未散去，四周一片朦胧，空气里弥漫着草木的清香，虫鸟的叫声此起彼伏。

每一个民宿老板都是一本有趣的书，尤其个性独特、气质不凡的云栖。来之前，我头一次听朋友介绍，就无法放下对他的好奇：看起来年轻，但历经人世沧桑，谁也无法猜测他的年龄，可能是36岁，可能是52岁，或许更老一些。皮肤黝黑，脸形俊朗，单眼皮。身穿一件土布大衫，脚穿一双开口布鞋，有时候儒雅得像一位诗人，有时候又给人无限狂野的感觉。在这个人人追求速度、凡事追求快捷的年代，他却过着与世隔绝、慢慢悠悠的生活。他不上网，不用手机，不用邮箱，朋友找他，只能通过邮局书信。他有两家民宿，一家叫抹茶书房，在江口县一个叫无名的地方；另外一家民宿是一个寨子，叫梦境，也在江口县，一个叫流淌的原始古村落。这两家民宿在民宿界如雷贯耳，成为高端旅行者心心念念的地方。尤其是抹茶书房，背靠郁郁葱葱的竹林，面朝神秘莫测的群山，天晴时可以看得见梵净山红云金顶，天不晴时可以欣赏云雾时隐时现。抹茶书房是在原来的老房子上改建的，青瓦作顶，玻璃作墙，步入其间，人与自然融为一体，翻书写字，心旷神怡。书房设计用心。侘寂风格，朴素、寂静、古朴、自然。配有读写桌，写字桌上有笔墨纸砚，椅子上有土家族的绣花靠背，坐垫舒适松软。每张桌子上都有台灯，供夜读用。服务台备有江口抹茶、都匀毛尖、云南普洱、武夷山大红袍、祁门红茶、信阳毛尖、易贡茶，绿茶、红茶任选，熟普、生普任挑，水杯自带，多少自取。书屋藏书超过千册，有古老的线装书，也有新近出版的畅销书，有哲学、佛学和地方史志，也不缺当代名家小说，旅行、美食、插花、茶道、咖啡、手工等方面的闲情小品也放了满满一书架。管理灵活，摘录、拍照、买借由客。让人印象深刻的是，书房门口有一个古铜色大邮筒，很多到过这里的人，都会给自己心爱的人寄一封信。

经朋友推荐不久，我很快就给云栖写了一封信。信这样写道：

尊敬的云栖先生：

您好！

我是《世界民宿访谈录》的主笔一枝，最近我们要做“在慢慢的时光里等你”系列访谈，《东方地理》杂志的朋友向我推荐了“抹茶书房”，我非常喜欢。本来想给您邮件，但看到杂志上的照片，抹茶书房的门口有一个大大的邮筒，就给您写了这封信。

任何一个有趣的民宿，背后都会有感人的故事。我想，您的故事应该非同一般。我们的一生转瞬即逝，但我们经历的一些事情，却会永远在人间流传。能去“抹茶书房”，听您讲述您的故事，让我充满期待。

祝您身体健康！吉祥如意！

此致

敬礼！

一枝

4 月 15 日

这封信寄出不久，我很快收到了云栖的回信。

尊敬的一枝老师：

您好！

从邮差手上接过您的来信，我感受到了久违的温暖。好久好久，没有这样的感觉了。现在人们做什么都习惯于快捷，我却很讨厌那样的生活。认识我的人都说，我适合生活在过去。

您是第一个给我写采访信的人。打开您的来信，让我想起那本曾经对我影响深远的小说——《在慢慢的时光里等你》。看到您的字，我仿佛回到了过去。那时的我，特别喜欢写信，虽然不知道寄往何方。我无法拒绝您的采访，虽然我一直告诫自己，我不能向外人诉说我的秘密，但我想您懂我，我该向您打开这扇窗。

期待您的到来。祝您身体健康！事事顺心！

此致

敬礼！

云栖

4 月 25 日

收到云栖的回信后，我很快就带领团队出了门，踏上前往贵州的旅程。一如朋友所言，此刻，呈现在我面前的一切和他说的一模一样。

“一枝老师，云栖先生的抹茶，和我在日本喝到的抹茶，两者的口感几乎没有差别。”我的摄影师打断了我的思绪。

“是吗？”我端起杯子抿了一口。

如摄影师所言，当抹茶触碰我的舌尖，打开我的味蕾，我甚至怀疑自己是不是正在日本的某个茶馆。抹茶

产生于中国，后来兴盛于日本。在日本，政府倡导民众每天摄取30种食材（包括烹调油和调味品），但是少有人能完成这个任务。拥有所有蔬菜的营养成分的抹茶，因此在日本风行开来。

云栖端起茶碗，给我加抹茶。我问他：

“您在日本待过？”

“没有。从未去过日本。”

“您做的抹茶真好喝。”

“这个抹茶不是我手工做的。抹茶粉来自江口本地。”

“江口产抹茶？”

“铜仁被授予‘中国抹茶之都’称号，被誉为‘世界抹茶超级工厂’的贵茶产业园就在江口呢。”

“噢，是我们孤陋寡闻了。”

“不过，铜仁被授予‘中国抹茶之都’称号是2018年的事，而我喜欢抹茶已经有20多年了。”

云栖话音刚落，一位穿着汉服的服务生端上来一盘饼干，说道：

“各位老师，请慢用，这是云栖先生亲自为大家做的手工抹茶饼干。”

“谢谢。”

颜色清爽，气味迷人，我拿起一块咬了一口。清脆可口，从未有过的清香在嘴里弥漫开来。

“我沦陷了，唇齿留香，回味无穷，觉得好像有一个精灵在我的舌尖上跳舞。一枝老师，我要带些回去，给我的女友和我妈妈。”

我的摄影师是一位可爱的大男孩，他很少被美食打动过。他对我说这话，是发自内心的，我相信。

“这口感确实很独特。云栖先生，我觉得你的抹茶饼干一定藏着一个美好的故事。”我说道。

“我这里的一切都是故事啊。遇见一枝老师，算是遇到知音了。”云栖微笑道，眼神里流露出淡淡的感伤。

我拿出录音笔，打开电脑，准备开始听他讲述。

不过，云栖没有继续往下说。短暂的沉默后，他又开始做抹茶。他舀了一勺茶粉放入茶碗，往茶碗加了一点水，茶筅快速击拂起来。他的姿态，让我想起双眼微闭敲打木鱼的和尚。

时间一点点走过。一只鸟飞过来，停在栏杆上，叫了两声，很快又朝远处飞去。此刻，太阳从云层里钻了出来。远处群山渐渐露出了真面目。忽然，穿着汉服的服务生走过来说：

“各位老师看见了吗？远处像一尊卧佛的那座山就是梵净山，梵净山上最高的那座山峰就是红云金顶。”

顺着服务生指的方向，拿起望远镜，我看到了闻名于世的红云金顶。孤峰高耸，直刺云天，这是远古时期地质构造运动的结果，大陆抬升，冰川融冻风化、侵蚀雕凿而成的杰作。整座山上大下小，其形若甑，当地人称饭甑山。石柱上端自然裂开为两个峰顶，有如佛手高攀，二指插天，佛手的指头上还分别矗立着两座佛殿，一边供奉释迦佛，一边供奉弥勒佛。清晨，红云瑞气常绕四周，红云金顶因此得名。

“一山一山又一山，千山万山千万山；一年一年又一年，千年万年千万年。‘崔巍不减五岳，灵异足播千秋’。时间之于梵净山，是毁灭也是创造。”服务生用老气横秋的口气说道。

“此话怎讲？”我的助理问。

“梵净山是武陵山脉的主峰，黔山第一山，佛教名山，处于印江、松桃、江口三县交界地带。这个位置很有意思，正好是云贵高原东部边缘向湘西低山丘陵过渡的大斜坡地带，即中国阶梯地势第二级与第三级的过渡地区。在黔东北连绵的低山丘陵地带，梵净山突然拔地而起，形成了顶天立地的高峰峻岭。怪石、奇树、天风、云海、妙泉、珍禽、异兽、佛光、雪景和高路，梵净山算得上‘集黄山之奇、峨眉之秀、华山之险、泰山之雄’，可谓‘崔巍不减五岳，灵异足播千秋’，被古人称为‘天下众名岳之宗’也就不足为怪了。”

服务生话音刚落，云栖先生抬起头来，深深地吸了一口气，用他那配音员般的磁性嗓音，开始讲述他的故事。

那天上午，我登上红云金顶不久，天上就出现了一道五彩缤纷的光环。“佛光、佛光、佛光，终于看到佛光了。”人们的欢呼声回荡耳畔，此起彼伏。头一次见到这样的自然奇观，我很兴奋。在红云金顶拍了很多照片后，小跑似地赶往蘑菇石。来到蘑菇石，找好角度开拍不久，她突然走进了我的镜头。你们不知道我当时有多兴奋，她一身白色旗袍和蘑菇石是多么的相得益彰。她走一步我抓拍一张，走一步我抓拍一张，她好像就是我请来的模特，而我也好似她的御用摄影师。不过，当我放下相机换上胶卷再拍摄时，却再也寻不到她的踪影了。寻不得她，我站在石头上怅然若失。甚至开始怀疑她是不是真的存在过，走入我的镜头过。

梵净山的天气说变就变，刚刚还是一片晴天，此刻已经细雨绵绵。我继续在那片山头穿行，希望能遇到旗袍女孩。但万山寻遍，依旧了无影踪。雨比之前小了，浓雾却弥漫开来，10 米之外，都难看清。这让我想起姑妈说的：一年 365 天，梵净山有 200 多天都是云遮雾绕，不见天日。云河、云海、云链、云被……袅袅升腾，淡如烟、薄如纱，风烟万里，一览无余；浓如雾、厚如棉，云瀑笼罩，神秘莫测。

那个时候的我，20 岁出头，刚从学校毕业，正在等待分配工作。我当时觉得人生迷茫，没有方向，生活无聊，心烦气躁。不是说旅行能治愈身心吗，我就决定到远方走走。从苏州来到梵净山，我住在姑妈家。相机是我父亲的——他是一家报社的摄影记者。姑妈家有一辆永久牌自行车，来到江口这几日，我几乎都是以这辆自行车代步。那天从梵净山下来后，我骑着自行车，前往县城唯一的一家相馆。穿过人来人往的菜市场，我火急火燎、迫不及待，巴不得马上把照片洗出来。因为我无法阻止自己胡思乱想，一会儿坚信旗袍女孩的存在，一会儿又怀疑是我自己的幻觉。那家相馆就在太平河边，我很快抵达，打开相机把胶卷递给老板。

“我要加急。”我对老板说。

“你说什么？”他张大嘴巴问我。屋子里的音乐声太大了，那是张学友唱的《吻别》，满大街都在放。

“加急。”我高声回他。他转身关掉了音响。

“加急不了。我要去乡下吃小孩的满月酒。”老板按下按键后，左手接过胶卷，右手扶着眼镜架，口气坚决。他皮肤微黄，鼻子扁平，小肚子因长期缺乏运动而翘得很高，皮带松松垮垮的，让人担心随时会掉下来。

“我愿意加一倍的钱，甚至更多，只要你马上能洗出来。”

“小伙子，不是我不愿意帮你，是我没有办法帮你啊。你就是加 10 倍的钱，我也无能为力。你安心等等吧。下午 3 点，一定能给你。”他摇晃着身子，走进房间，裤腰带上的钥匙叮当作响。

“好吧，我下午 3 点来取。”

我垂头丧气地回到了姑妈家。从小到大，我从未落下过一次午饭，除非生病，但这天午饭，我颗粒未进。姑妈担心我，问长问短，我不知道如何回答。只好说，上午爬山太累了，不想吃饭，想休息下。这个午后显得极其漫长，我在房间里转来转去，脑海中老是浮现蘑菇石的画面。我走到桌边，拿笔胡乱写起来：

世界一片朦胧
我在山间行走
恍如云中漫步

或许你来过
或许你未来过
人生每时每刻
在现实里
亦在梦中

写下这个，我转身倒在床上，辗转反侧。

好容易等到下午3点，我赶忙爬起来。姑妈给我端来一碗甜酒鸡蛋，我喝了一口，火急火燎上了自行车。太平河沿岸风景极好，树影婆娑，河水清澈，我却无心欣赏。

相馆老板很守时，下午3点一到，他就把照片递给我："小伙子，你真有眼福，从哪找来这个模特？身材真的好。”

“她不不不是我的模特。”我接过照片，面红耳赤，结结巴巴回道。

“那是你的女朋友喽？你真有眼光。”

“我和她素不相识。”

“素不相识，怎么能进入你的镜头？”

“我拍蘑菇石，她自己跑进来的。”

“你真有福气，要好好珍惜。”

“珍惜什么啊？她在哪里我都不知道。”

“你这小子，怎么能这样说话呢？不知道的话，去找啊。既然她能进入你的镜头，证明你们是有缘分的，为什么不去找找呢？一定能找到的。”

“在山上找过了，没有找着。”

“山上找不着，山下继续找啊！山重水复疑无路，柳暗花明又一村。只要坚信她是你的，就能找到。”

“真的？”

“哟，我还会哄你不是？我和我家那个就是这样的。你晓得不，我年轻时，有一天和同学去照相，回来洗照片，发现照片上有一个陌生女生从我们身旁走过。我看不清她的样子，但她穿的那件衣服，我特别喜欢，色彩鲜艳，但不浓烈。我想她这个人应该也是这样的，很漂亮，但应该不招人妒忌。于是，我就拿着照片四处打听。后来，我花了差不多两年时间，终于找到了。我们俩一见如故，很快就结婚成家，你看这相馆就是以她的名字命名的。”他说这话时，眼睛眯成一条缝，一副幸福陶醉的模样。

我半信半疑。走出门来，抬头看了看相馆的名字，只见上面写着：小翠相馆。

或许，我应该相信相馆老板说的话，我和旗袍女孩是有缘的，我只要坚持，就能再次见到她。我把相片揣进裤兜，飞一般地朝云舍骑行。因为我想起姑妈说的话：“到江口来旅行的人，去过梵净山后，都会到云舍去的。”

无名的天气变幻莫测，之前还是艳阳高照，此刻则已落起了小雨。雾气湿润，借着微风涌入房间，草木香和雨露的清甜味道，让人神清气爽。云栖暂时停止了讲述，让服务生把晾在栏杆上的竹笋收进屋子。他站起身来，伸了一个懒腰，亲自下楼去给我们端来了一些小吃，有花生、姜片和南瓜子。

“都是我自己从当地农民那里挑选来的，你们多吃一些。”

我点头。抓了一把瓜子，嗑了起来。云栖则喝了一口抹茶，继续说道：

我还记得那天，云舍的天空是昏暗的，有点像此刻的天气。雾蒙蒙雨蒙蒙，路上的人很少。很多来玩的人都跑到人家去避雨了，偶尔会在河边碰到一些，不过多是钓鱼的老者，或是抓鱼的小朋友。我抱着碰碰运气的想法，在那里转来转去，没有发现一个穿旗袍的女子。突然，远处一个跳芭蕾的红衣女孩进入我的眼帘，我有些兴奋，我想一定是她了，因为很少听说有人穿旗袍上梵净山，也几乎没有见过有人会在云舍跳芭蕾的，特立独行，非她莫属。我赶忙走上去，离近了却发现并不是她。我鼓起勇气，拿着照片问路人。本地人、外地人我都不放过。大人、小孩我都不放过。问谁谁摇头，都说没有见过。我一个人，真的如同大海捞针，难啊。难也要继续啊，我不断地用相馆老板的故事鼓励自己。

时间飞逝，我还是一无所获。我最后在云舍龙潭旁边的书店停了下来。书店里人很少，有两个学生正往书友墙上贴照片。以书会友，我的脑海里闪过这个念头。

我正寻思是不是也把照片往墙上贴时，一本名叫《在慢慢的时光里等你》的小说吸引了我。这个书名给我带来了灵感，我问柜台小妹要来一张白纸，即兴写道：

让我心心念念的旗袍女孩。我不知道你的名字，也不知道你来自何方。但你走进我的镜头，说明我们有缘，我想见到你。如果你能看到这张照片，就在这里等我吧，我会来找你的。或者给我电话。22XX22。

云栖

我用一张白纸把照片包好，并把这封短信夹入书页中。

离开两步，又返回去，打开书页，把那纸条撕得稀巴烂。我突然觉得自己非常蠢：写了这么肉麻的话，还留下姑妈家的电话，不怕被羞死啊。

但怎么办呢？门外龙潭水，清澈碧蓝，远山倒影，水草浮动，让人浮想联翩。书店里只有我一个读者。前台的收银员也不见踪影。我像一个幽灵，在一排排书墙边走来走去。最后，我还是把照片留在了那本书里，只是之前的文字变成：

我不知名字的朋友，你好。我叫云栖。8月5日这天，我在梵净山拍蘑菇石，不经意间，你走进了我的镜头。我不知道你叫什么名字，也不知道你来自何方，无法把你的照片送给你。我放在这本书里吧，愿你能看到，并能带走它。

那个夜晚我彻夜难眠，在床上翻来覆去，不能自已。我半夜醒来，对着姑妈家的电话发呆。坐到桌前，拿起她的照片胡思乱想。大雨不知何时下起，我的思绪一如雨中的树叶。

第二天，雨过天晴。一大早，表哥要去流淌买蜂蜜，问我去不去。我就当去散心，答应了同去。表哥赶着马车，我们沿着太平河一路前行。

雾气笼罩，河水轻淌，千山静默如谜。一匹马在前面疾驰，一条路伸向远处。两岸人家，林海茫茫，万物生机勃勃。不久，马不再沿着大路飞奔，而是拐进了一条山路。路陡坡滑，竹林幽深茂密，一时不知身在何处。越过一个山头，又一个山头，往坡下走不多远，豁然开朗。竹林环山，稻田纵横，人家层叠，炊烟袅袅，薄雾缠绵，好一幅中国水墨画。风景实在太好，我舍不得再朝前走，好想能坐卧山头，一点一点，慢慢欣赏。穿过稻田，溪水流淌，秧苗飘香，野花铺满田埂，野草绿得发亮。走过人家屋檐，木材整齐，堆在墙角，蜂箱古老，挂在院落树上。果树枝繁叶茂，青果挂满枝头，一只鸟站在枝头，叫个不停，几条毛毛虫在树干上爬来爬去。一只母鸡蹲在树下的草丛中孵蛋，两只鹅大摇大摆走过。越过果树，就是牛舍，一头牛站着沉默不语，两头猪又肥又大，低头在拱地上的泥。越过牛舍，小孩儿挂着两挂鼻涕，坐在门口玩泥巴，见我们走来，一溜烟跑进屋子。孩子的家人热情，邀我们坐。我们在门口坐下。此时薄雾散尽，远山如淡影，阳光透过云层，将一束光打在一座高高的山头上。光芒祥瑞，万物安静。房屋的主人说，那座金光灿灿的山头是梵净山，我点头，心甜如蜜。

“蜂落，蜂落……”养蜂人的吟唱，突然在这片山谷回荡。曲调轻柔舒缓，声音嘶哑迷人。循声望去，只见一中年男子手拿一根竹竿，像巫师，在不远处的竹林中，手舞足蹈。男子皮肤黝黑，头发乱得像鸡窝，全白了，好似鸭绒一般毛茸茸地贴在脑袋上。我觉得好奇，和表哥打了声招呼，起身朝养蜂人走去。随着距离的靠近，只见竹林里摆放有很多蜂箱，那些蜜蜂随着养蜂人的召唤，从远处飞来，钻进蜂箱。

我从小在城里长大，虽然也常到乡下来，但这样招蜂的场景还是头一次见。我觉得很神奇。一个人通过歌声，能与蜜蜂对话，把蜜蜂吸引过来。这该是多么厉害的本领。我正在为此纳闷时，竹林里传来女声：

“嘿，大叔，还有没有栲树花蜂蜜？”声音清脆，富有磁性。

“栲树是什么树？”

“就是每年5月，丛林中，开着白花花的那种树。”话音刚落，从竹林里走出一个女孩。头戴白色面纱，身穿休闲服，个子高挑，凸凹分明，线条优美，胸前挂着一个画架，背上的登山包尤其扎眼。

“哦，晓得了，有的。还有，那种树我们不叫栲树。”

“太好了，您这里的蜂蜜，我就喜欢那个味道的。”

“这次，你爸爸没有一起来？”

“没有，他去长白山啦。”

“长白山在哪？”

“在吉林。”

“好远。他身体还好吧？”

“好得很。”

“你又上梵净山了吧？”

“上了。”

“看到佛光没？”

“看到了，终于看到了。很震撼。”

“听说，看到佛光的人，会心想事成。”

“是吗？”

“是呢，你一定会有一个好工作的。”

“我讨厌按部就班地上班。”

“那你喜欢什么？”

“玩啊，到处游走。自由自在。”

“可是你看到佛光了，肯定会有好工作的。”

“大叔，你不要哄我了，佛光就是一种自然现象。跟人的这些事情没有什么关系啊。”

“我们老辈人都这样说的啊。”

“我给你解释什么叫佛光吧。在顶峰的上空，有时突然会出现一道光环，五彩缤纷，人影或物象，放大了数倍乃至数十倍，在其中晃动和跳跃，古人把这个称为吉祥佛光。这其实就是阳光照在云雾表面所起的衍射作用形成的。佛光是特定自然环境下光的作用形成的一种自然奇观，人们经常在梵净山看到佛光，这主要是因为梵净山峰峦广阔，植被好，生态好。”

“可我长这么大，上去无数次，为哪样一次都没有遇到呢？”

“运气，运气，全凭运气。”

这时不远处有人叫大叔。大叔打开一罐蜂蜜递给女孩，朝喊他的人走过去。女孩摘下面纱，品尝蜂蜜。我差点叫出声来，这不正是我遍寻不得的旗袍女孩吗？如果之前，她扑面而来的是优雅飘逸，而此刻则是活泼空灵了。高鼻梁，鹅蛋脸，睫毛细长，皮肤粉嫩，笑容荡漾。

“我见见见过你。”我走上前去，和她打招呼。因为激动，说话不那么利索。

“你见过我？”

“嗯。在梵净山。你穿的是旗袍，纯白色的。”

“是的，是的，我确实穿的是旗袍。当时为了去拍照。”

“拍到了吗？”

“拍到了。蘑菇石有职业拍照人。”

“哦，那里有职业拍照人？我没有印象。我……”我想告诉她，我帮她拍了一些照片，在蘑菇石。但说出来的话却是：

"我叫云，怎么称呼你？"不知道为什么，我没有说出"栖"字，可能是想让她更好地记住我。

"抹茶。"她伸手去摘竹叶。一副心不在焉的表情。

"抹茶？"

"对啊。"

"你姓抹？"

"不是，抹茶是自己取的。"

"你的云名应该也是自己改的吧，哪有父母给自己的孩子就取一个字叫云的？除非你告诉我真名，否则我也只能和你说我的名字叫抹茶。"她笑道。

"我姓云，父母给我取名云栖。"我笑道。

"我姓抹，因为喜欢吃抹茶饼干，所以父母给我取名抹茶。"

"取名都在孩子刚出生不久，你刚出生不久，父母怎么能晓得你爱吃抹茶饼干呢。"

"我，让我想想吧。"她的脸唰地红了。

"反正我就叫抹茶，你不许叫我其他。"

"好吧。抹茶。"我忍不住笑道。

"你对梵净山怎么看？"她一本正经问道。

"我觉得挺神秘的。"

“是不是有这种感觉，越是神秘的东西越是想去探究？”

“好像是这么回事。”

“那我们还是互相保持点神秘感好，这样就会永远有去探究对方的想法。”

“怎么保持神秘？”

“不问对方真姓大名，不问从哪里来、到哪里去，不聊过去，只谈现在，只谈将来。”

“这？有点让人无法接受。”

“为什么？”

“人与人之间初次相逢，总该以诚相待吧。为了让对方了解自己。应该多聊聊自己，自己的过去啊，自己爱吃什么啊，爱去哪里玩啊之类。”

“那是不是为了让初见者了解自己，我就把自己的所有和盘托出呢？我又不知道你是不是坏人，是不是和我有同样的爱好呢。”

“我喜欢拍照，喜欢爬山，你有什么爱好？”

“好像也没有什么……就是喜欢看一些奇奇怪怪的书。”

“比如？”

"比如我最近读的一本书叫《塔斯马尼亚》。讲述的就是一个杀人犯和一个奇女子在原始森林的一段奇遇，他们头一回见面就有了非同一般的约定，感觉好刺激。"

"什么约定？"

"就是刚才我说的。"

"不懂。"

"就是刚才我说的，不许对方问自己的真实姓名，不许问你从哪里来、到哪里去，不许谈过去，只能聊现在和未来。"她一副神秘兮兮的表情。

"啊，原来你是现学现用啊。"

"你不觉得很好玩？"

"嗯，有那么一点。那你能说说你的理想？"

"我的理想，我的理想就是没有理想，四处游荡，所见所感，写写画画。"

"噢，我明白了，你的理想是当作家、画家。"

"差不多吧，反正我喜欢东游西荡，自由自在地生活。"

"我也想这样，可是我父母说这是浪子的想法，不正常。他们要我必须参加分配，有一份稳定的工作。"

"那一生是什么样子都看到了哈。"

“一眼望到尽头，就是每天上班下班，直到退休。”

“这样也好，稳定啊，一辈子稳稳当当的，没有什么风险，也不用经历什么风雨。”

“可是，一想到这样过一辈子，我就觉得好无趣。”

“那你可以不用参加分配，去做点有趣的事情。”

“我又不晓得，做什么有趣。我好像没有什么特别的爱好，也没有什么想法。”

“想想就有了，你是害怕失去这次机会，以后没有机会了吧。不要怕，人生失去一次机会，还会有一万次机会，如果一次都舍不得失去，那以后真的一点儿机会都没有了。”

“嗯。你说得有道理。你想当作家，语文一定很好吧？”

“不是说好不谈过去的吗？”

“谈语文是过去吗？”

“是啊，那是学生时代的事情了。”

那天的后来呢，我越来越记不清了。到底是不是去人家喝了一碗水，还是直接到山头转悠？是不是下起了雨？反正已经记不得了。在我模糊的记忆中，表哥和养蜂农民谈买蜂蜜的事情了，我和抹茶走出那片竹林，前往进寨小路。来到路口时，遇到一个牧童骑牛过来。只听牧童唱道：

大月亮，小月亮，哥哥起来学篾匠。
嫂嫂起来打鞋底，妹妹起来舂糯米。
糯米舂得喷喷香，打锣打鼓接大娘。

不等牧童唱完，她上前，从裤兜里抓了一把糖递给牧童，并对牧童说道：

“嘿，小朋友，水鸭蛋，水鸭蛋，打在锅里团团转。舀到碗里涡螺旋，吃到嘴里稀巴烂。你们土家族的童谣，我也会唱。你的牛能不能借我骑一下？”

牧童接过糖，点点头，跳下牛背。抹茶很快爬到牛背上。动作娴熟，想必小时候骑过。可是她真的骑过？难道她从小在农村长大？

“你放过牛？”

“你猜。”

“放过。”

“没有。”

"没有放过？"

"是的。"

"晕。"

"哈哈。"

"不过，你真胆大，我不敢骑。"

"马，我不敢骑，牛，我还是可以的。"

"为什么？"

"马跑得快，没有技术，会摔个半死。牛，你看看，它走得慢悠悠的。"

"黄牛应该不是这样。"

"我骑的是水牛。"

"我骑的是蜗牛。"

"好吧，你慢慢来，我走了。"她拍拍牛背，牛小跑起来。

我在后面追啊追。

牛跑得越来越快，像疯了一样。前行不远，她从牛背上滚落在地。我赶忙上前拉起了她。

"伤着了吧？"

"你觉得，云能摔坏吧。"

"变成冰雹或是雨点的时候。"

“好吧，我被你打败了。哎呀，脚疼。”她叫道。

“我帮你揉。”

“好吧。”

她坐在路边的石头上，我开始帮她揉脚。长这么大，头一次给人揉脚。

“感觉我们好像认识了很久，其实还不到半小时。”

“这叫一见如故。”她说。

“嘿。你应该不是第一次到流淌吧？”我问她。

“不是。我上高中起，差不多每年暑假我爸爸都会带我来江口。有时候待上一个星期，有时候会待上半个月。这里的山山水水，我都走遍了。从村子往下走，有一条溪流，两岸野花遍地，很好看。要不要去看看？”

“好啊。脚还疼吗？”

“不疼了。谢谢。”

她轻车熟路，很快带我来到小溪边。溪水清澈见底，两岸开满野花。阳光透过树叶洒落下来，打在她脸上，光影浮动，她比之前更加迷人。

“你怕蛇吗？”她问我。

“怕。”我说。

“来来来，我给你念几句蛇的咒语。养蜂人教的。”

她一本正经，样子突然好像一个年轻的巫师。

她闭上眼睛，嘴不停地动来动去，也不知道她念的是什么。两分钟后停了下来，对我说道：

“你是听不懂的，我其实也一点都不晓得念的是什么，只是跟着瞎念，就记下来了。不过要防蛇，还是要讲点科学，我还是给你涂点防蛇的药吧。我爸爸给的。我也不晓得这药的名字。”

她一边说一边从裤兜里取出一个小塑料瓶。打开瓶盖，一股刺鼻的味道弥漫开来。她伸手掐断一根树枝，往瓶子里蘸了蘸，朝我身上洒去。

“我不怕蛇，我不用洒，都给你吧。”她一脸认真。

“你不怕蛇？”

“是啊，我爸爸是野生动植物研究专家，他长期到神农架、梵净山等原始森林里科考。有时候，他会带我去，不过都是相对比较安全的地方。我其实很少见到蛇，只是听到过不少有关蛇的故事。五步蛇，学名叫尖吻蝮，是梵净山的剧毒蛇类之一，让人谈之色变，全身棕褐色，背上有一排白色菱形花纹，也叫白花蛇。体型比一般蛇大，三角头很明显，体尾粗短。五步蛇剧毒无比，被其咬到，不出五步，人必倒地，生命危在旦夕。”她一边说，一边把装有防蛇药的塑料瓶装进口袋。然后蹦蹦跳跳，朝溪流深处走去。

她说得轻描淡写，我听得心惊肉跳。但在她面前，我又不能表现得太胆小，表面上装着若无其事，心里一下子对草丛、森林有了新的畏惧，以致不敢接她的话，生怕惊动了草丛深处的蛇虫。来到溪边，我以为她会换一个话题，只听她又说道：

"我听我爸爸说，五步蛇还会布阵。在它盘踞的周围，它会吐出比蜘蛛网还细的丝。这些丝散布在草茎上，活物一旦碰上，它就如闪电一般扑上去。蛇到命无。这也难怪凡是有五步蛇的地方，都流传念咒语。但这样防身的咒语，村民是不外传的，我那个是偷听来的。"她绘声绘色，边说边笑。

我越听越怕。想让她换一个话题，可她越说越起劲。刚说完这个又说道：

"有一年，我和爸爸到梵净山，遇到一个被五步蛇咬过的人。你说他是怎么活下来的？"

我摇头。

"他砍断了自己的手臂。他和同伴去山里找兰花。丛林深处，杂草藤蔓挡路，他拿出砍刀砍路。他弯腰，突然觉得有一股阴森森的冷气从脚底升起，细看只见不远的地方，一块布满青苔的石头上，一条五步蛇灰不拉几地盘在那儿，头扬起，吐着信子。说时迟那时快，他挥手一砍刀过去。眨眼间，蛇没了踪影，他只觉得左手腕一阵冰凉。他明白，自己被蛇咬了。他没有多想，右手再次拿起砍刀，把左手腕剁了下来。他马上蹲在地上，放下砍刀，右手按住左手的血管。血水落到地上，嗞嗞冒气，血色全无，取而代之的是淡黄的泡沫。随后他被伙伴抬回村庄，那掉在地上的手腕也捡了回去，从指甲到皮肉，全部变成了乌黑色。他那剩下的半截手臂，也已发黑，后来是用了很多治疗蛇伤的中草药，才算缓过来的。”

我听得大气不敢出。那清澈见底的溪水，周围清新别致的景致，令我兴趣全无。只想赶快逃离这个地方，仿佛刚才她说的那条蛇，就藏在草丛里一般。不过，心里对她又越发好奇与崇拜起来。

天空逐渐放晴，四周亮堂起来。云栖停止了讲述。他站起身来，走向窗外，深深吸了一口气，说道：

皓月当空，繁星闪烁，蛙声一浪高过一浪。那天晚上，我们坐在院坝里数星星，一颗两颗，三颗四颗，哪里又能数尽。

“关于星星，艾略特说是结在树上，但无法采摘的金果。雪莱说是天上的鲜花，在我们的头发上发光。你呢，云，你说星星是什么？”

“我？星星就是星星啊，还能是什么？”

“噢，好吧，话不投机半句多。”

“哈哈，我是理科生呢。”

“早知道了，不用说了，我是逗你玩的。”

“不过，我真的觉得好美，我从未看过这么美的星空。”

“在梵净山看星空，那才叫美呢。”

“晚上你在梵净山上待过？”

“就在去年。因为科考，经过保护区特许，我和爸爸还有他的同事在山上住过一晚。夜幕低垂，银河横跨金顶，云层稀薄，星光好似钻石熠熠生辉，如水倾泻。爸爸的同事不停感叹，良辰美景，不过如此。确实太震撼了，无法用言语形容。说来不怕你笑话，抬头望天，我都舍不得眨一次眼睛呢。”她很认真地说道。

“你的描述让我仿佛置身其间，真羡慕你有这样的经历。”我回她道。

流星划过，宁静被打破，村民欢呼，声震天际。她搬凳子靠近我说道：

“我从小住在城里，很少看到满天星空。还好，小学的多数暑假，我是在山村里度过的。山谷中，夏天的夜晚凉爽宜人，星空璀璨，稻花飘香，蛙声一片。我和乡下的小伙伴们，东倒西歪，坐卧草地，掰着手指数着星星，忽然一颗流星划过天边。‘流星，流星，大家快许愿。’大家吵嚷着，再也顾不上数了多少颗的星星，带着一脸虔诚，闭着眼睛许下一个个美好的愿望。笑声如流星划过天际。”

她话音刚落，又一颗流星划过。

“我们许个愿吧？”她说道。

我学着她的样子，闭上眼睛。我有什么愿望，有一个好工作吗？小时候，我几乎没有看过流星，也从未有过和小伙伴数星星的经历。生活在城市的中央，从小相伴的都是车水马龙、来往人群。做不完的作业，上不完的学。虽然姑妈家在江口，但每次来都急急匆匆、忙忙碌碌，白天就在县城转转，太平河岸走走，很快又赶回苏州了。听抹茶这么说，我心生羡慕，一下子觉得和自己喜欢的人在一起数星星，是多么难得与愉悦的事。我闭上眼睛，希望时间就此停下来，永远停下来，我和她永远停留在这个星光灿烂的夜晚。

“你许了什么？快告诉我。”她打断了我的胡思乱想。

“我？”我一时语塞，不知道如何回答。双手合十，闭上眼睛。

“哎呀，不许了，不许了。走走走，和我去拿电筒，我带你去抓青蛙。”

“青蛙能抓吗？”我拍拍屁股，站起身来。

“当然呀，又不是抓来吃，是抓着好玩，带你去看看青蛙是如何吃虫子和唱歌的。”她有时说起话来，就像放连珠炮。

我站起身来，走进我们住宿的人家。她打开她的背包，拿出一个白色的袋子，里面有指南针、云南白药、绷带、雄黄、手电筒。她见我一脸惊奇，说道：

“到农村来，总要备很多东西的。你要是见到我爸爸的包，一定会尖叫。他因为经常到山间野外，有时候都是住在丛林中。帐篷、睡袋、冲锋裤、砍刀、地垫、防潮垫是常备之物，有时候还会带上橡皮艇。”

“为什么还带橡皮艇？”我一脸疑惑。

“当然要带啦。你想想，要是到丛林中，遇到一个大水沟，你走不过去了，还不得划过去？”她眨巴着眼睛道。

“丛林里不都是丛林吗，还有水沟？”

“当然啦，丛林很大，什么都有，只怕你想不到。还有老虎、豹子呢，还有穿山甲和野人呢。”她还向我比起了老虎的动作。

“野人？”

“是啊，我爸爸现在去的地方神农架，听说就有野人。”

“野人长什么样？你见过吗？”

“野人啊，人脸马身吧，很强壮，很凶狠，很俊美，很可爱。我也不知道啦，有机会，你见到我爸爸，你问问他。”她哈哈大笑。

一边说一边走，我们很快来到田埂上。

“把鞋脱了吧，里面露水大，走进去，鞋会湿透的。”

“嗯。”

她用手电照着，我脱了鞋，又把鞋放在田埂上的一块石头上。我接过手电，又照着她，把鞋脱了也放在那块石头上。我那天穿的是一双绿色运动鞋，那个年代很少有这种颜色的鞋子，而我至今仍然记得，因为那是我过生日时妈妈给我买的。

我挽起裤脚，紧跟在她身后。手电筒晃过草丛，轻轻走过，脚底生凉。越往里走，越觉得清香宜人，青蛙叫声比之前更盛，仿佛置身于交响乐的海洋。这种体验从未有过，我内心无比愉悦与兴奋，感觉就像在做一场神奇的美梦。不过，当看见手电照过一处草丛，只见草动而不见其他东西，手心会冒起汗来。轻声问她：

“会有蛇吗？”

“晚上蛇都睡着了。不怕。”她语气肯定。

“五步蛇也是吗？”

“只要是蛇，晚上都睡得很沉。”

我半信半疑。

她突然停止前行，站着不动了。顺着她手电筒照的方向看去，只见一只青蛙蹲在田埂上，披着绿色衣裳，肚皮雪白如玉，眼睛又鼓又圆，宽大的嘴巴呱呱叫个不停。一只叫不出名字的虫子朝电筒飞来，刹那间，青蛙一跃而起，伸出舌头，把虫子卷入口中。

“你试一试？”她对我说道。

“试什么？”

“抓青蛙啊，伸手去抓它。”

对长相怪异的小虫子、小动物，我一向心存畏惧。但在一个自己喜欢的人面前，勇敢的力量总会在瞬间爆发出来。我很快跨上前去，伸手扑向那只青蛙。不料青蛙早已逃之夭夭，而我则因为被脚下的一个草包绊了一下，差点滚入稻田中。她一边伸手来拉住我，一边道：

“和你说玩笑啦。你真抓了啊！刚才说是带你抓青蛙，其实我也不敢抓。小时候我是抓过的，跟着小伙伴，也不害怕，不过后来知道青蛙是庄稼的守护神，就不再抓了，带你来看看吧，青蛙怎么保护庄稼，怎么唱歌。你知道一只青蛙一天最少要吃掉多少只害虫吗？”

“几十只吧？”我随口说道。

“最多可以吃掉两百只。小时候不知道青蛙保护庄稼，和农村里的孩子，经常到稻田里抓青蛙。抓回去了，就烤来吃，现在想来，觉得自己好野的。一个女孩子家这么野，你没有见过吧？”

“你挺逗的。”我笑道。

“青蛙肉挺好吃的，很细嫩。不过，如果吃掉一只青蛙，就等于让好多好多的害虫活下来伤害庄稼。青蛙再好吃，我们也不能再去吃了。你说对不对？”

“我可不想吃。”

“谁知道呢，人人都是大馋猫。”

“我不是。”

“那你还来买蜂蜜？”

“是我的表哥来买。我只是跟着来玩的。”

“你不吃蜂蜜？”

“我？应该吃的。”

“哈，我就说你是只馋猫。”她说完，拿着手电筒，高一脚矮一脚地快步朝前走去。

“我不是馋猫。”

“你就是馋猫。哈哈。”

“好吧，我是馋猫。那你是什么？”

“我是抹茶。对了，你说青蛙什么时候睡觉？”

“青蛙不睡觉，它们会一直唱到天亮。”

“我们也不睡觉，一直走到天亮，怎么样？”

“好啊，我们就一直走，走到稻田的尽头，走到夜晚的尽头。”

我紧跟着她，神清气爽。晚风徐徐，星光灿烂，稻田清香，蛙声一浪高过一浪。我们走过一条又一条田埂，一块又一块稻田被抛在身后，一户户人家离我们越来越远。我们不觉得疲倦，继续前行不止，跟着月亮的脚步。

看到小溪，我们坐下来，把双脚浸入水中，月光透过树影，洒落下来，如雨点落在我们的脸上、腿上。鱼儿有大有小，在脚背和脚趾间穿来拱去，突然感觉到脚底痒，抬脚起来，只见一只虾在手电照射下一溜烟钻进了石缝中。除了不远处传来的青蛙声，四夜静寂。我们什么也不说，只是坐在原地，偶尔她会用脚打水，水花四溅，她浅浅一笑。很多年过去，这一幕挥之不去，有时候，自己也会和一些人去溪边玩水，但那种感觉再找不到了。那是一种什么样的感觉，人世间最美的东西总是找不到合适的语言来表达。很多年过去，那天深夜，她说的话还会在耳畔响起，历久弥新：

昨晚我做了一个梦。山头一池湖水，我在游泳。水清如露，天蓝云白。风吹麦浪，蝉鸣不绝。群山缠绵于远处，竹林轻摇于眼前。野花盛开，白的如雪，红的如火，风筝与云试比高。300 米外，田埂上，牧童对牛放歌，歌声悠远，好似天籁。隐隐约约，一个男生在远处，面目朦胧。他身穿衬衣，纯白如玉，俊朗温柔，他在轻声呼唤我。

他说抹茶，我们不走了，这里山好水好人好，就在这里安家落户吧。我说，我想住在玻璃屋里，那样就能在屋子里晒太阳了，可这里没有。他说有，他有魔法，可以帮助我实现一切。我睁大眼睛望着他，只见他快步朝我跑来，牵上我的手，走向高高的山头。是的，一切有如被施了魔法，这片天地已经焕然一新。村庄最低处不再是稻田，而是碧波荡漾的一个天然湖泊，湖泊中央有一个圆形游泳池。人们穿着色彩斑斓的泳衣，或在岸边晒太阳，或在水里游泳。泳池的周边开满五颜六色的花，花的不远处还是那郁郁葱葱的竹林。人家被竹林包围，还是之前的木房，只是所有的木墙已经消失无影，取而代之的是落地玻璃，窗纱如画，人影温柔。有人在窗前打坐，有人在喝茶聊天，有人伸一个懒腰，有人打一个哈欠，有人在练嗓，有人在作画，有人在教小孩读诗，有人躺在阳台的浴缸里闭目养神。人家门口是生机勃勃的稻田，还有秧苗、瓜果、玉米和各种蔬菜。有农民正在锄草、施肥。有牧童赶着牛儿走过田埂。农民深深吸一口旱烟，烟雾飘过，很快消失无影。如果细看，还可以看见田埂上不时有鸟飞过，停留在农民的农具上，对着农民叫两声就飞走了。屋子里的城里人纷纷出门了，他们都穿得很休闲，有的来到院子，抱着膀子遥望远处，一脸悠然自得。有的拖着旅行箱出门，边走边回头，边走边拍照。他们的这段流淌之旅结束了，期许下次重逢。

说到这里，云栖突然停了下来，起身打开了音响，舒缓的音乐在房间响起。我的摄影师大男孩感叹道：

"太浪漫了！云栖老师，我想知道你们是不是牵手了？如果能在那个时候接吻，那才妙呢。"

"手没有牵，什么也没有做。那个夜晚就这样过去了，可以让人回味一生的夜晚。抹茶说完她的梦境，就跑回房间了，而我也因为困倦，一觉睡到天亮。"

"对了，各位老师有什么忌口的吗？"

"除了不吃狗肉，其他的还好。"我回云栖。

"鲟鱼可以吧？今天中午我们就来吃鲟鱼宴。"

"好啊。"

"不过，今天流淌那边有几个团建活动，厨师过去帮忙了，今天得由我下厨。"

"那很好啊，我们可以拍拍您做菜的过程。"

就这样，我们跟着云栖来到厨房。厨房宽大，整洁干净。云栖驾轻就熟，很快从水池里抓来了一条大鲟鱼。

"云栖老师，这不是本地养殖的吧？"我问他。

"是呢，就是江口本地养殖的。鲟鱼对水质和水温要求很高，需要 24 小时不间断循环水。而江口就在梵净山脚下，冷水资源丰富，常年水温 18 摄氏度，最适合养殖鲟鱼。养殖出来的鲟鱼，肉质细嫩。”

云栖把围裙套上，正准备开工时，却见一个胖墩墩的小伙冲进来道：

“云老师，让我来，怎么能让您来干这个呢？您陪客人回书房吧。”

“今天，流淌那边不是很忙吗？你怎么跑回来了？”

“厨师长说，再忙也要安排一个人过来，这边今天有贵客。”

“好吧，那我们上去继续讲故事，这里就辛苦你了。”

我们跟着云栖先生上了楼，还是各就各位，听他继续讲述。

第二天上午，我们搭这户人家的马车出了流淌。一团云雾挂在山腰，好似一个胖子围了一条白色的围巾。沿着太平河回城，我去姑妈家取了自行车，我们就上路了。我从未骑自行车带过人，但那天，胆大包天，带着她前行。现在想来，都还有几分紧张，车技不好，但却敢带着她在山路上前行。她并非一个循规蹈矩的人，有时候，她会伸出手臂狂吼一声。那个状态有点吓人，真担心我们会就此滚入太平河去。不过，当时想，和她死在一起，这一生也值了。

沿河的风景越来越好，流水清淌，满目浓绿，山头一层薄雾，如梦似幻。她安静下来，哼唱起窦唯的《无地自容》，一曲唱罢，又唱起了黄家驹的《海阔天空》，那是那个年代最流行的歌。她说她常常在创作的时候唱。

“创作的时候？”

“是啊，我也写歌的。别人写东西的时候，需要安静，我是喜欢一边放摇滚歌曲，一边写的。”她一本正经回道。

“不可思议。”

“我不可思议的东西多着呢，你就慢慢探寻吧。”

她指路，我骑行。她说她要带我去一个神秘的地方，那个地方在梵净山山脚下，一般人不知道，那是很多年前父亲带她去过的，她印象深刻，念念不忘。我不知道那里有什么好，心想只要和她在一起，随便去哪里，都会心生愉悦。或许，我真的爱上了她，正如书上所言：一个人爱上一个人，内心是通透的。忘却世间繁杂，只想一心一意；忘却人间所有，只愿永远跟随。但我胆小如鼠，怕蛇、怕狗、怕东、怕西、怕在她面前说错话。

沿河前行不久，穿过一个村庄，之后就是小石子路，无法再过车。我们只能把自行车放在路边，步行前往。

山头还有雾，时而浓烈，时而稀薄，或是挂在山间，或是结伴前行。树木有的高耸，有的低矮，有的叶子茂密，有的叶子稀疏，野花有的还在开，有的已经凋零。空气里有一种沁人心脾的清香，虫鸟的叫声不绝于耳。她突然把背包递给我，她的背包好沉。她停了下来，振臂高呼：

“云。”

山很快回音：

“云。”

我也学她：

“抹。”

山很快回音：

“抹。”

“云栖，你知道吗？我每次来这里，都会有获得一次重生的感觉。”她像是自言自语，又像是对我说。

“为什么呢？”

“从科学的角度解释，就是我爸说的，这里几千种植物，产生的负氧离子又多又好，会让人感觉轻松、愉悦、舒服。”

前行不久，进入一片山谷之中。四周变得更加幽暗神秘。入眼皆是陌生物种，呈深绿色，有鸟鸣，有虫叫，树干重叠如墙，截住了视线。

她拿出指南针，比画了一番，对我说道：

“你要是饿了，先吃饼干，喝点水。”她一边说，一边转身把饼干和水递给我。

“吃得惯吧？我吃的饼干几乎都是抹茶味的，清香淡雅。”她回头补充道。

“抹茶和绿茶的味道差不多吧？”

“抹茶更清新，绿茶的味道重些，还有就是抹茶还有点类似海苔的香味，绿茶就没有。抹茶主要是用新鲜绿茶，经过蒸青、碾磨、超微粉碎、低温干燥等工序后获得的。整个加工过程始终在较低的温度状态下进行，能非常好地保存茶叶中的活性成分。”

“你啥都晓得。”

“我喜欢抹茶饼干，就多了解一些抹茶的知识而已。”她笑道。对于我的赞美，她满怀喜悦。

我接过水和饼干，吃喝起来。等我吃喝完毕，她又把驱虫药膏递给我，要我扎紧袖口、领口，皮肤暴露部位涂搽防蚊药。而此时我才发现，我的手臂、身上已经多处被蚊虫光顾过，红包凸起，又疼又痒。她随手折了一根粗树枝。

“行进中可用木棍‘打草惊蛇’。根据我在丛林中行走的经验，蛇一般咬第二个人。就是说在树丛里，第一个人走过去惊动了蛇，但蛇还没有反应过来，等蛇发起攻击时，第二个紧跟而来的人正好经过。所以在行进时，你在后面要更加小心。”

听到这个，我突然有点后悔自己跟着她来。赶紧接着她的话茬说道：

“那我们还是不要往前走了，返回去吧。”

“没有那么可怕，不用担心啦，有我在呢。”她自信满满，一副胸有成竹的样子。

“可是……如果遇到五步蛇，咋办？”

“遇不到的，我们没有往很深的地方走，我们去的地方也经常有人来的。”她回头对我说，眼睛睁得大大的，要我相信她。

随后，她又嘱咐我，如果遇到成群的毒蜂，切勿惊慌，就地蹲下，用衣服遮住皮肤暴露部位。只要沉住气，一动不动，伪装成一棵树，就能避免毒蜂的袭击。

“里面深不可测，会不会有老虎和狼？”我心生无限胆怯。

“说到原始森林，总会有很多关于野兽、毒蛇的恐怖传说。不过，这些传说大多是夸大其词和完全虚构。有一篇文章叫《马来亚丛林中的游击战》，不知道你看过没。是英国汉普郡团上尉菲勃斯写的，他曾长期在热带丛林作战。他在文中说，马来亚有许多种毒蛇。他亲眼看见过不少，但从未听说谁被蛇咬伤的事。野兽见了人就躲避，因此很难见到它们。但会常常听到野兽的叫声。正是这些夜间动物的吼叫和关于毒蛇猛兽的传说，给人们心理上造成很大的影响。然而，丛林中真正的危害却是来自昆虫。因为许多昆虫会传播病毒，使人生病。1941年，国民党远征缅甸的军队，因丛林中蚂蟥、蚊虫的叮咬而引起的破伤风、疟疾、回归热等传染病，使数万名士兵丧命。”

她这样说，我对森林又多了一份恐惧，留心起那些细小的昆虫来。她见我畏首畏尾起来，继而大声说道：

“你不用害怕啦，梵净山原始森林里不会有这样的昆虫的。”

地面上是腐烂的树叶和木头，潮湿松软，踩在地上，让人感觉随时会深陷泥潭。鸟叫声不绝于耳，不明虫子的声音也此起彼伏，前方一切未知，后面更是恐怖重重，我不敢回头，专心致志地紧跟其后。

没走多远，她停住了脚步，朝我打了一个手势，让我也停下来。随即，她把背包搁在地上，让我把相机递给她。她动作飞快，装上长焦镜头，端起相机对准左前方。我朝她镜头所指的方向看去，只见两百米左右的林子里，一只鸟在踱步，长相如鸡，羽毛鲜亮，尾巴修长，体态优雅。

随着相机“咔嚓，咔嚓”两声响，那只鸟展翅滑翔，朝树枝上飞去，消失不见。她跳起来，激动万分。

“红腹锦鸡！我终于在这里遇到了。我爸爸要是知道的话，一定比我高兴一万倍。你知道吗？我和他来了几次都没有遇到过。你是大福星，托你的福了！红腹锦鸡主要生长在秦岭，陕西宝鸡这地名就与红腹锦鸡有关，而红腹锦鸡也被列为陕西省的省鸟。刚才拍到的这只是雄鸟。要是雌鸟，它的头顶和后颈是黑褐色的，身上其他地方呈棕黄色。”

“我也是头一次见这种鸟，好有气质，光彩夺目。”我对她说道。

“是啊，梵净山太神奇了，除了红腹锦鸡，云豹、林麝、白颈长尾雉、大鲵、穿山甲、猕猴、短尾猴、苏门羚、亚洲黑熊、大灵猫、小灵猫、鸳鸯、红腹角雉、勺鸡等国家一、二级重点保护的动物也深藏其中。当今世界上濒危程度最高的动物——黔金丝猴，全球也只有梵净山才有。黔金丝猴我爸爸亲眼在丛林深处见过，我想我以后也一定有机会见到的。今天真的太高兴了，我见到了红腹锦鸡。”她笑得非常甜，就像吃了糖的小孩一样。

前面的草丛、藤蔓越来越密。只见她横一刀竖一刀，刀去藤落，很快腾出条路来。她说：

“我爸爸教我的，丛林藤蔓竹草交织，砍刀开路也有诀窍——不过头，两边分，从中走；不见天，砍个洞，往里钻。”

一路上，她勇往直前。遇到巨蟒在过路，她带我绕道而行；遇见蜂窝，赶忙缩手，避免打扰，带我另寻出路；遇到长相奇异的大虫，她屏住呼吸，使出力气，用树干挑开，带我迅速走过；遇见松鼠或是地鼠，就视而不见，带我继续赶路。

“我们不过是这里的过客。这是它们的领地，万不得已就不要去招惹他们。”她轻声对我说。

穿过一片密不透风的箭竹林，近百棵大树出现在眼前，无限沧桑，树干挺拔，树枝苍劲，在空中无限扩张。只见前方山沟中，阳光如聚光灯，笔直倾泻。树枝舒展，繁花似锦。

我正想问她，这是什么树，只听她一边“咔嚓”，一边轻声说道：

“这种树，太难见到了。人们喜欢叫它鸽子树，学名叫珙桐，是植物界的活化石，世界著名的观赏植物。是1000万年前新生代第三纪留下的孑遗植物。在第四纪冰川时期，大部分地区的珙桐相继灭绝，只有在中国南方的一些地区幸存下来”。

穿过鸽子树林，听见水声。循声前行，一挂飞瀑从山间入潭，潭水清澈，水中的石子一清二楚。潭四周没有高耸入云的参天大树，低矮的丛林中野花遍地，色彩斑斓，尽显媚态。裸露其中的大石头，造型好看，有的光滑如玉，抢人眼球，有的粗糙怪异，让人不忍直视。

“这里应该常有人来。”我见石头凹进去的地方留有人走过的痕迹，就对她说道。

“是啊，有一条路的。只是夏天植物疯长，路被盖住了。”

她在潭前蹲下，双手浸在水中，捧起水洗脸，大声说道：

“我要带你来的就是这个地方。感觉怎么样？”

我一个字也说不出来，朝她跷起大拇指。心怀感激。

巴掌大的鱼，在水里游来游去。她站起身来对我说道：

“野外生存，重要的是找水。找到水源，就找到了食物。由于和爸爸长期在户外生存，我最擅长烤鱼。”

“怎么个擅长法？”

“直接在火上烤鱼，会把鱼烧煳的。要找一块树皮，在树皮上铺上泥土，再铺上树叶，然后把鱼放到树叶上，最后盖上树叶盖上泥土，放在火上烤。烤上一阵子，只要看到鱼眼翻白，就可以吃了。”她一边说，一边比动作。这一番经验介绍，让我忍不住咽口水。

丛林热闹异常。鸟叫声、叶子伸展的声音、花开的声音、各种虫子觅食的声音，犹如城市繁华地区，喧嚣热闹。我从丛林中小解回来，只见她已经换上旗袍，在离溪边不远的平坦石头上，铺上了一块蓝布，布上绣有小鸟、花草。她从背包里取出香炉、茶壶、茶杯，装有茶匙、茶则、茶针、茶夹的茶筒等，摆放在蓝布上。见我走来，她对我说道：

“看见了吗？那边有很多野花，你摘一些来。”

我采摘野花返回来，递给她。这哪里是在喝茶，分明是在展示一幅春天的画卷。通过一番调整布置，一切都活了起来。檀香袅袅。她把我摘来的花简单修整后，放置其间，犹如经过花艺师的精心布置。数枝花高矮有序，层次分明，色彩和谐，不多一枝，不少一枝，与茶具相映成趣，堪称完美。

“一块布，一把壶，配上几个小杯子；一香炉，一炷香，一篮花，根据自己的想法，这里弄弄，那里弄弄，营造出自己想要的一个品茶空间，这就是茶席。你之前弄过吗？”

“没有。头一次见。家里人也喝茶，但没有这么细致过。看起来不难，但实际操作起来，真需要下一番功夫。我起初觉得喝茶如喝水，端起杯子一口干了了事。不晓得还有这种玩法。人间处处皆学问啊。”我说道。

“要布置好一个茶席，这里面学问太多了。茶席就是茶人手中的一张画布，最后的画作，体现茶人的审美。”

她语气平静。

“茶席是从古至今都有的吗？”我一边问她，一边捡起一块小石头打入潭水中。

“在古代茶文化史料中，并没有茶席的说法。茶席这个词是近代才出现的，但是，古人对茶的追求从未停下过脚步。在唐朝，诗僧与雅士把茶文化升华成了以茶礼、茶道、茶艺为特色的中国文化符号。到宋代，喜欢在山水间吟诗、作画、品茶的文人雅士，用自然艺术品来装饰茶桌。插花、焚香、挂画与茶艺一起被合称‘四艺’。现如今，插花、焚香、挂画也常常被我们运用在茶席中。”

“布置茶席有哪些讲究呢？”我想多了解些，对今后也有好处。

“茶席体现的是茶人的内心世界。在工作时，一壶一盏，即为一席。生活中，一场茶席的器物一般由两个部分组成：一部分是具有实际冲泡、品饮功能的器物，包括煮水器、泡茶器、匀茶器、茶盏、盖置、盏托、茶则、茶匙、水盂、茶巾等；另外一部分是点明茶席主题、加深审美体验的装饰物，包括席布、花器、香器等。茶席有繁有简，根据场景、主题，由人的心情而定。繁可花尽心思，器物俱全，场景精美；简也能一壶一杯，月下独酌。我们知道自然界美的造型多是曲线构成的，比如山川，比如河流，比如树的枝丫。茶席的美在曲不在直。我们今天的茶席布置高矮错落，排列岔开，正是遵循这个原则。要是一字排开，排成一条直线，会感觉怎样，是不是太呆板，反而没有了灵动的气息呢？”她伸手轻指茶席，很认真地对我说道。此时的她，与之前判若两人。她动作优雅，语气舒缓，全身上下透出一股飘逸唯美的气质。

我朝她点头，她又说道：“茶席是表现茶道精神的场所。茶席的美，是视觉和心灵的碰撞，刻意是摆不出来的，要用心去布置。茶道是一门大学问，布置茶席有很多讲究。一口茶汤解渴意，一抿茶香至清雅。为了这一口享受，一方小小的茶席器物齐全，杯盏错乱间主次有序，充满仪式感。有时候茶席就像是一个局。局外人抬眼看看，不过如此，而真正踏进去了，不下一番苦功夫，很难出得来。此番功夫，关系到的东西实在太多。但最核心的，还是茶。没有茶，再好的器，再美的席，再美的花花朵朵，也毫无意义。好了，我们来泡茶。我们今天泡的是冷水茶，茶叶是养蜂叔叔送的，泡茶的水就是这溪水。”

我抿一口，茶带有苦涩味。但过了一会儿，齿颊间有回甘涌出。飞瀑、青山、野花、茶席、仙气飘飘的她。让我突然想起苏东坡的那首《浣溪沙》词来，继而说道：

“‘细雨斜风作晓寒，淡烟疏柳媚晴滩。入淮清洛渐漫漫。　　雪沫乳花浮午盏，蓼茸蒿笋试春盘。人间有味是清欢。’苏东坡说得好，人间真正有味道的还是清淡的欢愉。这也是我此刻的感觉。”

“我爸爸经常对我说，在人生的长河里，见不完的人，走不完的路，处理不完的事。不慌不忙的时光能有多少呢？至多也不过是你慢慢喝茶的闲暇吧。我当时是不懂的，但渐渐长大，我好像明白，其实越是美的东西，越是稍纵即逝。能在犹如幻境的山水间一起品茶，这是我们的缘分，也是最值得一生去回忆的美好时光。你说得对，这是淡淡的欢愉。来，我们互敬一杯。”她的眼神充满温柔与深情。

云栖说到这儿，服务生已经把菜端上了桌。我们坐到桌前，开始午餐。这是我们从未见过的，小伙子用一条鱼做成了 16 道菜，鱼骨做成了汤锅，鱼皮凉拌，鱼尾做成了蒸菜，鱼肉做成了各种炒菜，青瓜鱼片、糖醋鱼块……色香味俱全，肉质嫩滑，入口即化。云栖一边给我们夹菜一边说道：

“鲟鱼素有‘水中熊猫’之称，起源于亿万年前的白垩纪时期，是世界最古老的鱼类。营养价值高，自古就是皇族贡品。你们要多吃点。”

“感觉云栖老师的口气好像抹茶在说茶。”我那个调皮的摄影师说道。

“我当时不懂茶，她说什么，我只是一个劲地点头。她咋懂得这么多呢？在她面前我觉得自己好渺小。人家一个女孩子，武能拿着砍刀穿越原始森林，文能摆茶席，泡茶喝。而我除了能考试，好像啥都不会。一想到这些，更加不自信起来，和她说什么也没有之前随意了。不过心想，要是能娶她做媳妇，那该多好，我这辈子一定生活在甜蜜罐子里，幸福死了。”

“后来呢？”大家异口同声问道。

后来，她教我做抹茶。我们边喝抹茶，边吃抹茶饼干。爱屋及乌吧，也是从那天起，我爱上了抹茶饼干。并且暗自发誓，自己一定要学会做抹茶饼干。我们就这样边吃边聊，不一会儿，她说她热，想洗澡。

“这潭清水难得，洗一个吧。”我支持她。

“你也要洗。过了这山，就没有这水了。洗一个吧。”她也支持我下水。

“我没有带泳衣。”其实我的内心也很想洗，但又不好意思。

“这没有什么，我先洗，你再洗吧。”她说完，背着包走进了丛林。过一会儿她出来时，已经换上了蓝色泳衣。露肩连体，粉带绕肩，蕾丝层层叠叠，腰间有可爱的蝴蝶结。皮肤白皙，身材迷人。她轻轻走过丛林，光影在她身上游走，顿时让我眼前浮现《诗经》里的诗句：“手如柔荑，肤如凝脂……巧笑倩兮，美目盼兮。”

“要不，你一起来嘛。”她一点不羞涩，大大方方对我说道。

我却浑身不自在。我们才认识不到两天，怎么可能这样呢。不要说和女生，就是和男生我也不可能这样。但自己对她心生喜欢，受她一邀，内心蠢蠢欲动起来。好几次把衣服脱下，但一千万个担心又袭上心头：她会不会觉得我是一个很随便的人，是一个好色之徒？想到这些，又把衣服穿在身上，但眼睛总是偷偷地朝向溪水的方向，透过那些千叶万树，希望把她看得真真切切。但

目光扫过，又不得不赶忙收回来，生怕她知道我在偷看她。反正内心一石激起千层浪，很复杂，很矛盾。希望这段时间很快过去，又希望这段时间永久停留。我大口大口喝茶，大口大口吃饼干，希望能缓解这种说不清道不明的紧张焦虑。但一切都无济于事，最后自己突然站起来，深深呼了一大口气，又重重地坐到石头上，像一头渴了很久的水牛，把半壶溪水，喝个精光。汗水也不合时宜地流了下来，一颗颗地往下掉，于是赶紧用手擦，用袖口擦，拉下一片树叶来擦，还是感觉身上黏糊糊的。正在莫名的慌乱中不知所措时，她突然走过来，披着一块白色浴巾，水淋淋地站在我面前。

“水太舒服了，你快去洗吧！这样水不是每天都能遇到的。快去吧。”她盘腿坐下来，一边往杯里倒茶水，一边说道。

我怕她看出我的窘相，赶紧起身，硬着头皮朝溪水走去，脱掉衣服跳入水中。胡乱洗了一通，赶忙爬上岸来，准备穿衣服。她突然小跑过来道：

“帮我看看，我后脑勺是不是有什么虫子？好痒。”

我走近她，心怦怦地跳，越跳越快，几乎要蹦出来了。站到她身后，一阵诱人的体香钻入鼻腔，让人欲罢不能。她的后脑勺有红点，但我没有发现虫子。

“很很很疼很痒吧，有有有红点，但没有发现虫子。”我结结巴巴地对她说。

“那不管它了，我们洗澡吧。”她扑通跳进水里。我站在岸边不知所措。

“下来啊，快下来啊。不用害羞，你就当我是你的哥们儿，你的兄弟啊。”她一边说，一边朝我打水。

是啊，我就当她是我的好兄弟，我默念着扑通跳进水中。我们打起水仗来。一阵乱打之后，是无尽的沉默。

很多年过去，后来到很多地方洗澡、游泳，我的眼前常常会浮现这一幕。她在离我不远的地方，静静地看着我，我站在不远的地方静静地看着她，不过我们又都很快把目光移开。有鸟飞过，已不记得；有花在看，已不知道。只是沉浸在一种无言的美好中，太阳好暖，白云好白，古老的树木如谜静默。

“帮我涂点药吧。”她先打破了沉默。

我跟着她再次回到喝茶的地方。她从包里取出虫药，要我帮她涂抹到红点上。

“我听说，一个男生如果喜欢一个女生，会说三个字，你知道是哪三个字吗？”她突然笑着问我。

“我我我不不不晓得。”我心跳加快，正专心涂药，吞吞吐吐说道。

她没有再说话，等我涂完药，走向溪水，继续洗澡去了。我坐下来喝茶，裸着身子晒太阳，不时偷看她。心乱如麻，不知道她刚才问的是何意，那个时候大脑像烧煳了一样，晕乎乎的，也不知道会说哪三个字。痴痴地看着面前那棵古老的栲树。突然想起，她昨天和养蜂人说的蜜蜂采的花，就是这个花吧。我坐在石头上，东想西想。

云栖说到这里，我们所有的人几乎都停下了筷子。大大咧咧的摄影师道：

“三个字就应该是‘我爱你’。哎，没戏。错过了最好的表达机会。”

“是啊，人的一生就是错过，一个个的错过，最后是得过且过。”云栖笑道。

“后来呢？”我问道。

“后来，她精心布置了午餐。”

“烤鱼？”

“不是的。”

她去丛林换衣服了，我在喝茶，不时有鸟儿从头顶飞过，也有鸟儿停在树枝上朝我鸣叫。一颗鸟粪从树枝上掉下来，掉在身旁，热气升腾。我捡起一根树枝欲寻那作恶的鸟，刚抬头却被一片落叶砸在脸上。还好，只是落叶，我暗自庆幸。

她从丛林中换好衣服出来，我也穿好衣服。她问我：

“饿了吧？”

“有点儿。”

她从背包里取出一张桌布，抖开，铺展到茶席旁边。然后取出面包一袋、牛奶两瓶、干鱼两条、牛肉干两块。另有餐巾纸两张，湿纸巾两张。她很认真地把这些一一摆在地上，然后伸手示意，请我落座。她把湿纸巾递给我，自己留下一张，很认真地擦着手。

“即使今天是我一人，我也会这样。不会随便拿起面包就啃，拿起牛奶就喝。必须把它们摆出来，就像放在餐桌上一样。其实，人生性是很懒散的，注意打理自己，源自外界的‘监督’。一个人独处，举止很容易变得不再文雅，吃饭狼吞虎咽，在自家屋子里，脸不洗、牙不刷，衣冠不整、裸着全身，蹦来跑去，一丝不挂地在厨房里做饭。我爸爸说，一人在外，这种惰性是一种威胁。很多隐居深山的人，深知再也不会有别人看到自己的形象，最后放弃打理自己，成了一个收拾垃圾的邋遢鬼，时间久了，就成了一个不折不扣的野人。”

她越是能干，我越觉得自己卑微，越觉得自己微不足道，越觉得自己配不上她。听她这样说，我感到自己极其可耻，我一个人的时候，真是懒散至极，一天到晚都不会刷牙洗脸，更别谈洗脚了，胡子也不会刮，屋子一团乱糟。但我没有说出来，我朝她点头，认真吃起东西来。不过，却已下定决心。以后要做她像她一样的人，注重生活的仪式感。只听她又说道：

“我爸爸经常一个人独行在外，风餐露宿是常态。为了防止自己堕落，他每天都提醒自己，必须注意自己的行为，面对的虽然是树，但那也是他的宾客。行走不能有仪式，蹲下来休息可以没有仪式，但坐下来吃东西时，一定要像参加宴会一样，充满仪式感。”

“你的成长，应该受你爸的影响很大。”

“确实是，爸爸从小带我去旅行。不仅带我去各地观光，而且常常带我去爬山、露宿。我经历过各种交通工具的奔波、旅馆的辗转。爸爸让我像野外的植物一样经历与病虫害的殊死争斗，经历过严寒酷暑的考验。后来爸爸还带我去武当山、少林寺习武，锻炼我的意志，茁壮我的体格。现在再艰苦的环境，我应该都能应对。不过，我遗传了妈妈的好皮肤，晒不黑，还有好身材，吃不胖。”她笑道。

吃毕，她把垃圾装袋放进背包。她拿出防蚊虫药膏涂抹在手臂上、脸上、头上，随后递给我，要我也仔细涂抹。收拾准备完毕，背上背包，我们开始下一段旅程。

沿路树木林立，树干如军人，挺拔耸立，树枝好似吵架的泼妇，张牙舞爪，树叶如小鸡觅食，你争我夺。丛林依旧神秘莫测，群虫乱爬，蜘蛛结网，青藤下垂，羊齿铺地，野菌求生。一切显得生机勃勃，又死气沉沉。蜘蛛网无处不在，虽然她在前面开路，但走着走着，我还是发现头和脸被网住了，不得不退一步，伸手把头脸弄干净，再拿起树枝对前方一阵挥舞。太阳高照，但森林里凉爽宜人。走起来也不觉得疲惫，穿过一片竹林，她说道：

“听我爸爸说，1903 年，英国传教士汤姆逊就曾沿着我们隔壁那个山头，进入到未知的原始森林中。1902 年，汤姆逊曾从当地的皮货商手中偶然购得一张毛皮，毛皮虽有残缺，但可以明显辨认出它的特征：肩部有一道明显的白斑，背部呈现灰黑色，腹部灰白，肢体的内侧为金黄色，一条长长的尾巴远远超出了身体的长度。那是汤姆逊从未见过的一种动物，虽然毛皮缺少头部部分，但是对动植物学颇有研究的他，马上认识到这是一种从未被人类知晓定名的灵长类哺乳动物。汤姆逊将皮毛寄回英国，引起了轰动，新物种被命名为白肩仰鼻猴，也就是今天我们所讲的黔金丝猴。但遗憾的是，此后数十年，汤姆逊无数次深入梵净山，却未在野外见到活体黔金丝猴。梵净山一直是个谜。黔金丝猴也一直是个谜。”

“你也是一个谜。”我说道。

“是谜好，让人去探究，让人去向往，让人去好奇、去发现。”她笑道。

“谜一样的梵净山，晴朗无云的天气应该不多吧。我的印象里，始终是湿漉漉的，雾蒙蒙的。”我小声说道。她扭过头来，眼神肯定，语气温柔道：

“是呢，云雾缭绕、细雨绵绵是梵净山的常态，世代生存在这里的村民都很难见到她的真实面貌。山上、山下仿佛是完全不同的世界。非常特殊的地理、地貌、气候、温度等因素，像是有一道无形的屏障，护佑了山里数不清的动植物，为其提供了良好的栖息繁衍的场所。当然，也阻隔了人们对梵净山的深入了解。”

一路上她给我讲她和爸爸到原始森林闯荡的故事。历经艰辛，爬上一座茶坡，穿过郁郁葱葱的茶林，终于来到无名这个地方。太阳翻到山那边去了，我们的肚子饿得咕咕叫。穿过10余户人家的寨子，从一栋青瓦木楼门前经过，我忍不住站在门口多瞧几眼。她说：

“看见没有？远处最高的地方就是梵净山的红云金顶。”

“这真是一个读书的好地方，要是把这栋房子改造成一个书房，在这里读书，那才好呢。你想想，这里视野开阔，能看到红云金顶。翻书累了，倚靠栏杆，眺望远处，岂不美哉？”她说。

“如果这里真有一个书房，你会给它取一个什么样的名字？”我问她。

“就叫抹茶书房。嘿嘿。我如果在这里看书，一定是少不了抹茶饼干的。”她一边说，一边从裤兜里摸出一块抹茶饼干，丢进嘴巴。看她那样子，我想起一个贪吃的小女孩，忍不住想笑。

我记下了她说的话。不知道为什么，我当下就下定决心，有生之年，一定要把这栋木房改造成书房，为她。

“云栖老师，您说的那栋木房子，是不是就是我们现在所在的这栋房子？”我的助理打断了云栖的讲述，问道。

“是的，就是这个。”云栖回复助理后，继续讲述。

走过木房，我觉得肚子饿极了，去旁边的人家讨吃的。一位络腮胡大哥热情接待了我们。嫂子很好看，长得水嫩水嫩的。大哥煮饭，嫂子弄菜。食材主料叫萝卜猪，据说这种猪是原始放牧式养殖，体躯丰圆，形似萝卜，口感清爽，有吃肉像吃素之说，故当地群众称之“萝卜猪”。饭菜上桌，确实好吃，尤其是那猪肝，又脆又香，至今仍然念念不忘。

太阳西下，我们赶路。走不久，我就感觉到肚子疼。差不多疼得走不动路了。我至今仍然记得我蹲在地上，抱着肚子喊疼，而她淡定自如的眼神。你不知道，那时的我感觉自己就在死亡的边缘徘徊，有如千军万马在肚子里面奔腾，无论是站着还是蹲着，都疼痛难忍。我两眼冒花，求她：

“抹茶，我一定是被那女人放蛊了。你把我背到她家里，让她救我。”

她没有听我的。她让我斜躺到石头上，用双手给我揉肚子。不大一会儿，咚咚咚，一连串的响屁就像机关枪的枪声般回荡在山间。

那是一个前不挨村后不靠店的地方。叫不出名字，看不到来者，是一个被大山围着的地方，太阳已经远去，剩下的是一峡谷的暗淡冰凉。听不见鸟的叫声，听不见流水的声音，我痛苦的呻吟和那一个个响屁在山谷中激荡。我想到死亡，想到我从这个世界上消失，想到我不能再回到车水马龙的苏州，更加慌乱起来。我忘记了疼痛，要她不要揉了，我说我要死了，中了蛊，要死了。我后悔跟着她来，后悔吃那一顿饭。我开始凶她，说她不怀好心，带我到这个会放蛊的地方。她没有说话，淡定自若，面色平静如水。

她就是这样一个人，天塌下来都不会说一句安慰话。她内心汹涌澎湃，也绝不开口，除非你真的与世决裂，死在她面前。后来，我想那一定是她处理问题的方式，会默默地去做，她已经备好了药，已经让我吞下了。她料定了事情的结局，没有必要再张牙舞爪，没有必要大吼大叫。可就在当时，我真的认为我是中了蛊，如果我真的中了蛊，她这样的方式也不会管用。中了蛊，不可能吃了那姜丸就好了，就不再疼了，就百事大吉了。

“你知道蛊是什么吗？蛊是需要解药的，你这个不是解药。”

她说，这个世界哪有什么蛊，要有就是你贪吃的蛊、好色的蛊，见嫂子漂亮，就多吃了人家做的萝卜猪。她说得有道理，谁叫我贪吃呢，饿坏了，遇到好吃的，就大吃特吃。忘却了自己肚量的大小，就狼吞虎咽，胀破了肚皮都不晓得。

“后来呢？”见云栖停下来，我的摄影师急问道。

“后来，吃了药丸，消化了，肚子就不疼了。我们又有说有笑地朝前走，听说寨沙侗寨好玩，就往寨沙去了。”

日落黄昏，我们跟随一群人拥进了寨沙。这是一个银色的世界。姑娘人人好看，个个盛装，头戴银盘花、银头冠，银簪、银梳别在脑后，耳坠银环，五只大小不一的银项圈从脖子上吊下来，五根项链和一把银锁挂在胸前，一个银手镯在手腕上闪闪发光。轻轻走来，银器碰撞，声音悦耳。前行不远，高高的鼓楼里，飘出歌声，侗语翻译如下：

不种田地，
怎么把命养活？
不唱侗歌，
日子怎么能过？
饭养身啊，歌养心咯，
劳动别要丢，也不忘唱大歌。

走进山间闻不到鸟儿鸣，只有蝉儿在哭娘亲，
蝉儿哭娘在那枫树尖，
枫尖蝉哭叹我青春老。
得不到情郎真叫我伤心，

见我一脸疑惑，抹茶对我说：

“这是无伴奏、无指挥的侗族大歌，合唱、自然和声，如溪水流过山涧，旋律平缓温柔，音韵优美婉转，浸满了岁月沉淀的古韵和忧伤。侗族大歌没有文字，从春秋战国时期到现在，已有两千多年了，靠一辈一辈的歌师口传心授，代代相传。”

一曲唱罢，一曲继续：

只听蝉儿声声鸣，

蝉儿声声心悲切，

像是可怜我单身。

静静听我模仿蝉儿鸣，

希望大家来和声，

我们声音虽不比蝉好，

生活却让我充满激情，

歌唱我们的青春，

歌唱我们的爱情。

我们坐在鼓楼里，盯着歌手的嘴巴。直到歌手们的嘴巴不动，声音飘落，四周恢复安静，才与围观人齐声叫道：

“太好听了，再来一首。”

“一领众和，众低独高。你知道吗？1986 年，黎平和从江的 9 位歌手，在法国巴黎金秋艺术节唱响侗族大歌，一夜轰动世界，被誉为‘清泉般闪光的音乐，掠过古梦边缘的旋律’。”抹茶在我耳边道。

“叹为观止，魅力无穷。”

那天晚上，围着篝火，我们手牵手，又唱又跳，无比开心。人群散去，我们还围坐在篝火旁。

“你昨晚对着流星许了一个什么愿？”她突然问我。

“一个美好的愿望。关于你的。”我想讨好她。

“关于我的美好愿望，是什么呢？”

“以后你会知道的。”

“以后……我明天就要走了，爸爸在神农架等我。”她的音量明显降低了。

“这么快？”我确实没有想到。

“以后有机会再见。”

“以后是什么时候？”

“我也不知道。”

“明天什么时候走？”

“晚上的火车。”

沉默，无尽的沉默。我好想和她多待些时日，但我没有留下她的理由。我想告诉她，我内心深处的秘密，但我又无法开口。我想牵她的手，但我又没有勇气。我该怎么办呢？我突然想到了我放在云舍里的那张照片。我想我该带她去书店，如果她看到那些照片，就应该明白我的想法。

“你晚上才走，那明天我们去云舍玩。那里有一家书店，可能是中国最美的乡村书店，就在龙潭的旁边。在书店里一边翻书，可以一边看龙潭水，龙潭水清澈见底，那感觉才好呢。”

“是吗？云舍的书店一定要去逛逛，我和爸爸去过几次云舍，都没看到有书店。那家书店一定是今年才开的吧？你这个邀约太好了，明天一定去。”

她住在县城西边的一家旅馆。天一亮，我骑着自行车去旅馆接她。她一改昨日的休闲装束，取而代之的是一身牛仔装，还戴了一顶蓝色的遮阳帽。她手抱一把吉他，背着那个蓝色的背包，跳上了车后座。我带着她穿过县城，穿过浓雾弥漫的早晨，朝云舍骑去。

“云栖，你觉不觉得，这里的山峰很特别？”

“山峰不都一样吗？”

“不一样，这里的山峰真的和其他地方的不一样。这里的山峰胖墩墩的，很圆润，很慈祥，很和善，看着看着，心会安静下来。尤其是那一团团雾，它们不像其他地方的雾，来时会把整座山盖住，走时一点不留。这里的雾一团团的，聚集在一起，就停在半山腰，白白的，像云朵，软软的，像棉花，端坐在山腰，风吹不散、赶不动，它们就一直在那里，仿佛那里就是它们的家。”

“你的观察真仔细。这个我真的还没有发觉。”

我得保证安全，我不能左顾右盼。我得专心骑车。我们路过汽车站时，她让我停下来，她说：

“我们先去一个地方吧？”

“去哪？”

“地落湖。那里可以划船。我想划船。”

“好吧。”

听从她的安排，我们把自行车寄存在客车站，就上了一辆开往民和的中巴车。

地落湖位于民和镇的龙宿村，湖水来源于龙宿的48口地下水井，地下涌泉源源不断，而且甘甜。相传有九条龙云游到此后，见涌泉不绝，就选了其中九口井住宿下来，故得名“龙宿”。龙宿形成的湖水，因地处低洼，犹如地陷，故而得名“地落湖”。

来到地落湖，浓雾弥漫，四野朦胧。看不清周围景色。租来一条小船，慢慢地划。她一边划，一边给我讲关于地落湖的传说：

相传在很久很久以前，黄牯山上生长着一种神奇

的树叫马桑树，它枝繁叶茂，见风就长，可以从地上一直长到天上。那一年，人间突然遭遇大旱，十里八村，田园荒芜，九村十寨，人走屋空。这时候，从梵净山下来一只金丝猴，看见人间景象凄惨，非常难过。它东瞧西望，上蹿下跳，急得心急如焚。它想：人间遭遇如此大难，它应该努力施以援手。正当它感觉无计可施的时候，那棵高大无比、直冲云霄的马桑树挡住了它的去路。猴子惊叹："好大一棵树呀！"于是，它就沿着马桑树一直向上攀爬，直爬到云霄之上。猴子因为劳累，正准备倚在树上休息，忽然看见天边一道祥光闪现处，数不清的楼阁殿宇掩映其间。它觉得那应该是天庭的所在。它来不及仔细思索，从马桑树的树巅一个秋千甩荡，便落在了一座大殿的屋顶上。

金丝猴挂在殿宇的屋檐下，不敢贸然落地，仔细地观察着大殿的动静。这时候，它看见玉皇大帝正端坐在大殿中央的宝座上，向诸位神仙吆五喝六。金丝猴一个跳跃，来到了玉皇大帝的宝座前，请求玉皇大帝为人间降下甘霖。

玉皇大帝看见天庭突然冲进一只金色的猴子，以为是齐天大圣孙悟空又来闹事，吓得赶忙躲到御案下面。诸位神仙也惊慌失措，不知如何是好。

金丝猴赶忙自报家门，并说明来意，随后整个天庭才渐渐平静下来。

玉皇大帝问："你是怎么来到天庭的？"

金丝猴手指天庭门口的马桑树，说："从树上过来的。"

这时候，玉皇大帝看见马桑树的树巅都快冲到他的灵霄宝殿了，很是惊慌，就问掌管树木生长的神仙，怎么没有发现这样不懂规矩的树。掌管树木的神仙一时无语，他实在是没有来得及发现，马桑树就长到灵霄宝殿了。玉皇大帝深感人间的神奇，生怕再出乱子，就拿起御笔轻轻一挥，为人间洒了几滴御水。金丝猴见玉帝如此吝啬，就跳到御案上端起盛水的御碗就倒，玉帝要制止已经来不及了。这下可糟了，天上一滴水地上倾盆雨，天上一碗水人间浪滔天，金丝猴的一片好意给人间带来了巨大的洪水灾难。玉帝要惩罚金丝猴，可又怕金丝猴就是孙悟空，拿他没有办法，于是就拿马桑树出气，下旨使它长到三尺高就再也不长了。眼看人间洪水泛滥，太白金星向玉帝举荐八仙之一的铁拐李下凡治水。铁拐李来到人间，用拐杖在地上凿了许多洞。说来也怪，偌大的洪水在这些洞边打了几个漩涡后，便慢慢消失了。

洪水消失了，人间也变得异常平静，奇峰突兀的黄牯山，也如同一头嶙峋的老牛，把头埋得更低更低。唯有黄牯山南面的一个巨大的水汪汪的凹坑，显得更加清亮无比，这就是地落湖。后来，随着时间的流逝，这里逐渐变得绿荫如盖，成为人们向往的山清水秀的风水宝地。人们在这里重新垦荒破土，筑篱建寨，繁衍生息，形成了今天炊烟袅袅、阡陌交通、鸡犬相闻的繁荣景象。[1]

随着她的讲述，浓雾散去，天空打开笑脸。高山出平湖，风景这边独好。群山绵延，杂木成林，枝繁叶茂。若在春天山花烂漫、水天一色，那该是多么美妙的画卷。远处的黄牯山逐渐清晰，幽壑白崖，群峰错列，犹如空中壁画。黄牯山是江口县第二名山，不属于梵净山山系，是武陵山脉的一条分支。近处的岛上，几户人家，木楼

[1] 地落湖传说源自江口县人民政府网“地名故事——地落湖”。后文秀峰寺故事源自《梵天净土》丛书（中共江口县委、江口县人民政府主编）。

青瓦，炊烟袅袅，诗情画意。只见她指着人家又讲道：

看见了吗？不远人家处原本有一座寺庙，建于唐朝，算得上江口最古老的寺庙。清代初年重建，更名秀峰寺。

秀峰寺鼎盛时期有和尚48人，耕种寺田的佃农300余户。一日，龙宿金家一家僮放牧时，不慎被主人误打致死。秀峰寺住持静空禅师看到后，把尸体拉到田野间藏匿并穿上僧衣，并于次日到官府告状说金财主打死了自己的徒弟。官府遂重罚了金财主。

金家咽不下这口气。数年后的一个傍晚，秀峰寺来了一妇女，一会儿与和尚聊租田的事，一会儿又聊佛事，趁和尚去方便时，揭开和尚床铺，把一双绣花鞋塞到床上。随后，金家男女老少包围秀峰寺，官府中人也在金家的事先告知下赶到。金家诉说和尚不静心参禅礼佛，干欺男霸女的勾当。和尚当着官府的面向金家索要证据。这时，那妇女哭哭啼啼地走到和尚床前，拉开被子，当着众人的面，拿出绣花鞋。和尚有苦难言，只得割地赔钱了事。

从此，花和尚的名号在当地传播开来。

秀峰寺因此日趋衰败，最后一任住持和尚离开秀峰寺时，留下一句谶语：六八为限，永不添丁，只宜弘佛，不宜住人。

让人惊奇的是，此后数百年，那里人家总人口从未超过 48 人。

小船来到湖心，她不再划船，取出吉他，一边轻轻弹奏，一边轻唱起来。阳光打在湖面上，闪闪发光。她时而遥望远处，时而看着我，富有磁性的嗓音，开始在山水间飘荡开来：

走过的山川　森林广袤
经过的溪河　流水清澈
那里抹茶飘香　那里云雾缠绵
青春把永恒　洒向地落湖畔
侗族大歌的爱恋定格在两人的夜晚
很多年以后　往事涌上心头
我会吟唱今天的歌谣　祝福人间天长地久
走过山海辽阔有多少足迹被岁月记得

最好的时光在最美的地方回旋
如果有一天　昨日能重现
我们恋恋不舍
在梵净山

很多年以后　往事涌上心头
佛光还未出现　云雾在金顶停留
这一生一世太过急急匆匆
来不及见证抹茶对水的深情
很多年以后　往事涌上心头
佛光还未出现　云雾在金顶停留
这一生一世太过急急匆匆
来不及见证抹茶对水的深情

如果有一天　昨日能出现
你神秘、空灵　好似梵净山
你神秘、空灵　走过梵净山

“这是我写的歌，好听吗？”

“嗯，没有之二。”我忘了划船，鼓起掌来。

在这个世界上好像没有她不会的事，我对她佩服得五体投地。终于知道，她为什么有底气不参加工作分配，过自己想过的自由自在的生活了。暗自下定决心，以后也要多到一些地方，多学些东西，做一个多才多艺、才华横溢的人。要配得上她，唯有加倍努力学习。

小船就这样飘啊飘啊，阳光暖暖的，湖水清清的。不远处有鸳鸯，成双成对，时而飞起，时而落下。我微闭双眼，听到她又唱道：

目击众神死亡的草原上野花一片
远在远方的风比远方更远
我的琴声呜咽　泪水全无
我把这远方的远归还草原
一个叫木头　一个叫马尾
我的琴声呜咽　泪水全无
远方只有在死亡中凝聚野花一片
明月如镜高悬草原映照千年岁月
我的琴声呜咽　泪水全无
只身打马过草原

我感觉一切都停止了。时间，湖水，鸳鸯，远处的群山，风，太阳，天上的白云，她，水中的倒影，还有我们乘坐的小船。她的弹唱让一切都停止了。四周寂静无声，水面没有一丝波澜，光影没有一丝浮动，群山静默不言。曲子和嗓音太完美了，几乎没有一点瑕疵，她把海子《九月》这首诗所传递的神秘、辽阔和无穷无尽的孤寂、生与死的纠缠、高远和细碎的对视，表达得淋漓尽致，让人欲罢不能。

“经常在外，自己难免感到孤独，有音乐就如同有了酒，可以让时光变得更加柔软。这是我爸爸说的。”她放下吉他，打破宁静。

我把水递给她，热泪盈眶。不知为何，我心潮起伏，久久不能平静。这或许是诗歌的力量，也是音乐的力量吧。

云栖说到这里，双眼湿润。

“没有了，后来和以后，我再没有听到这么好听的歌，也再未遇到这么动人的嗓音。”云栖用纸巾拭眼角。

我不知道如何安慰他，递茶给他。他喝了一口，又开始了下一段旅程的讲述。

下午，我们离开了地落湖。走进云舍的时候，云舍还处于一片雾气中，空气清新，一地鲜嫩，百鸟争鸣，棒槌声声。沿河逆行，循声望去。只见拦河坝上，站满村姑、村妈、村奶。她们有的手握棒槌洗衣，有的洗菜，有的把鸭子赶进河流旁边的支流。

抹茶跳下自行车，对我笑道：

“云栖，你要帮我多拍几张照片。这样的场景越来越少见了。现在去很多地方，河水不干净了，河岸的柳树少了，人家也不再在河边洗衣了。”

“好的。”

我把自行车放在路边，开始为她拍照。

女人爱美，也喜欢把美定格。她要我把有人洗衣的河岸作为背景，她摆了各种各样的姿势，拍了一组。她觉得还不过瘾，干脆走到人家洗衣人的旁边，学着人家的模样，捶衣服。这也就罢了，她还去赶鸭子，扰得岸边的鸭子一只只跳进河里。累了，她坐下来。和洗衣人聊天。

下游不远的地方，水不深，水里的小沙石清晰可见。几个孩子把鞋脱了，拿到手上，踩入水中。深一脚、浅一脚，看似小心翼翼，实则大胆探索。他们有的鼻子上还挂着鼻涕，有的嘴角上还带着口水，有的脸干干净净，有的脸又花又黑。一个胖墩墩的大个子在前面领着前行，他的鞋被后面的小个子拿着，他的右手拿着一根竹竿，左手抱着一个瓶子，一步、两步、三步、四步……水越来越深、越来越急。我正担心有人会跌进水里，这时岸上有小朋友呼喊：

“那里有，那里有。好大的。”

胖子伸竹竿下去，可水被搅浑了，什么都看不见了。岸上的孩子叫道：

“噢，好可惜。”

抹茶好似懂我，她离开洗衣人，朝下游走去，一边走，一边把鞋脱了，拿在手上，来到孩子附近，走入水中。她也学着孩子的模样，伸手去抓鱼和螃蟹，过一会儿，她转头对我说：

“你也来啊。不拍了，你也来抓鱼。”

我把相机放入包中，把鞋子脱了，放在岸边，也很快跳入河水中。我们学着孩子的模样也抓起鱼来，可是因为从未有过这方面的经验，一段时间过去，一无所获。最后只好走上岸来。

“你知道这条河的名字吗？”

“神龙河，应该算得上世界上最短的河流。你看，到那里都没有了。”

顺着她手指的方向看去，我看到了河的尽头。

“老乡用绳子测过，只有不到 800 米。”她说。

“这么短。”

“所以也可以说它是人间最短的河流。”

我们边说，边起身朝书店走去。来到书店门口，就看到旁边的一潭水，深不可测。她说：

“神龙河很深，深不知底，为了测量神龙河的深度，村里曾组织几十个壮小伙，在长绳上绑上一块大石头，沉入潭中，长绳放完了，石头还未入底。这是我和爸爸来时了解到的。”

“不仅如此，我上次来还听书店的店员说，神龙河还特别怪，老天如果老不下雨，神龙河水一定大涨，涨到快要溢出河沿了，雨就从天上降落下来；老天如果老下雨，不放晴，神龙河水必然会落，河水落到人们以为快见到河床了，太阳就出来了。你说神奇不神奇？”

“太神奇了。”

“你就这样等待分配工作，没有考虑干点别的？”她忽然问我这个。

“我其实特别不喜欢那种一成不变的日子。我爸爸妈妈就是一辈子的上班族，工资稳定，好像一切都很安稳，但人如果这样过一辈子，觉得真没有什么意思。可是我又不晓得，我能干什么。”

“是，我可受不了。从参加工作那天，就已经知道这一生会是什么样子，就像神龙河，一眼就能望到尽头。这太可怕了。”

“我真不知道自己该怎么办。”

“你可以尝试做点自己喜欢的。”她一脸真诚。

“我不知道我喜欢什么呀。”

“不知道就去找啊，找着找着，你就知道了。等和靠是不行的，你会糊里糊涂，一辈子做别人的傀儡，你会莫名其妙，跟随别人人云亦云。那样可不好，有一天你退休了，你一定会后悔，自己是多么的愚蠢，在人间走了那么久的路，却未真正活过。这不是我说的，是我在书上看到的。我的爸爸从小也一直这样教育我的，来人间一趟，不容易，唯有做自己喜欢的事才无怨无悔。你说呢？”她的语气，像一个饱经沧桑的大人。

我使劲地点头。我们就这样走进了书店。

天气比之前更不好，雨雾交织，再也看不清远处群山，龙潭水泛起雨花，让人浮想联翩。书店里面有很多人，我冲上前去，找到《在慢慢的时光里等你》那本书，打开它，谢天谢地，里面的照片还在。我还想再写点什么，她已走过来，问我：

“什么书？”

“《在慢慢的时光里等你》。”

“这是书的名字吗？我好喜欢。”

“嗯。我没有什么可送给你的，就送你这本书吧。”我急忙说道。

“好啊。”

我拿着书来到前台付钱，请店员帮我把书包好。她站在我身后，一脸疑惑，说道：

“为什么要打包呢？”

“这是秘密，你到火车上再打开看吧。”我以为她看到短信和照片就会明白我是多么的喜欢她。

“哦，是吗？我倒是想现在就知道。对了，你那天许的愿望是什么？能告诉我吗？”

“愿望？嘿，你打开书就明白了。”

她接过包好的书，没有立即打开，而是拉开背包拉链放入后，很快拉上了拉链。

“谢谢。你送我一本书，我该送你什么呢？哦，有了。”

她再次拉开背包拉链，伸手从里面取出一个盒子，从盒子里拿出一张光碟。

“这是我唱的歌，里面收录有上午在地落湖唱的《梵净山》《九月》，你就将就听吧。”

我接过来，小心翼翼，如获至宝。

“你签个名吧。”我恳求她。

她在光碟封套上签下了“抹茶”两个字。

“就不能签个真名吗？”

她又在“抹茶”的前面，签了一个“云栖”。

我谢过她。我们走出书店，那个时候，雨停了，空气清新如晨，薄雾挂在山腰。

我们在车站随便吃了点东西，就乘坐客车，前往铜仁火车站。一上车，我们都睡着了。到达铜仁火车站，华灯初上。我买了站台票，到站台送她。穿过人群，她一边朝站台走，一边对我说道：

“我跟着爸爸去过很多地方，都是世界自然遗产，但那些地方还没有梵净山美，我相信，有一天梵净山也会成为世界遗产的。要不了多久。等到梵净山成为世界遗产时，我们再见。”

“要成为世界遗产，一般要多久？”我追问她。

“不会太久的，快的几年，慢的十几年吧。”

“这么久。”

“你住在哪个城市？我可以去找你。”

“我们不是说好，不问来处的吗？”

“留个地址给我，我给你写信，把今天拍的照片寄给你，总可以吧？”

“我天马行空，很少在家停留，四处游荡，你寄来照片，我也不会收到。我们是有缘人，总会再相见的。你有什么话，现在就说嘛。”她的眼神有一种说不清道不明的情绪。

我想开口说我喜欢她，希望能和她在一起。但我说出口的却是：

“再见面时，我在哪儿等你？”

“江口啊，云在江口啊。相见的地方就是重逢的地方。梵净山成为世界遗产了，我们就在流淌或无名见。”

话音刚落，她被人流拥着上了火车。我循她的声音再找她，却见不着人了。好容易在窗口看见她，窗户却关得死死的，我们只能隔着窗户相互看着，她摇手招呼要我回去。我站在原地，盯着她看，眼泪滑落下来。火车徐徐开启，我跟随火车一直追啊、追啊，直到火车消失在铁轨的尽头。

我坚信她说的话。我坚信。所以我在参加工作后不久，就辞职了。我做过小买卖，开过运输公司，还养殖过黑山羊。反正那年头，什么能赚钱，我就做什么，有使不完的劲儿，有用不完的激情。后来我有了钱，我就想尽办法，在无名建了这家书房，把流淌那个寨子改造成了她梦中的模样。梵净山已经申遗成功多年，抹茶书房和梦境访客不断。可是，我却没有等到她来，也未在江口见过她。

云栖说到这里，闭上眼睛，深深地吸了一口气。随后，他起身到房间里去了。我的摄影师叹了一口气道：

“哎，要是我，一见面，我就要抹茶留下联系方式。”

“事情没有你想的那么简单，说不定早就留了的，只是各种阴差阳错，联系不上。”我的助理道。

“你们是说他们后来没有见过面？”我的驾驶员道。

“废话。”其他人异口同声道。

这个时候，云栖从房间里走了出来，手里拎着一个木

箱子。来到桌边，他小心翼翼地打开木箱，从木箱里拿出一个木盒子，木盖子上有雕花。

“这是我自己雕的，鸽子树开的花，这个木盒也是我亲手做的。花梨木的。”他一边说，一边从木盒里取出一个布包。他打开布包，手轻如烟，仿佛害怕惊醒一个睡觉的婴儿似的。一张张老照片露了出来。

“这是那年在云舍给她拍的照片。”他把照片呈给我。

“美胜桃花，气质出众。”我惊叹道。

“不是我情人眼里出西施，她的漂亮是由内而外的，她本人其实比照片还要好看一千倍。”

“你后来就没有去找过她？”

“去了，很多地方我都去了，该去的地方我都去打听过了。杳无音信，一无所获。还登过报，在网上发过寻人启事，都是徒劳。她就像梵净山上的云雾，来无影去无踪，一转眼，再寻不得。”

“谁的人生都是一个个遗憾的堆叠。不过，我相信有一天，你们会重逢的。”我安慰他。

“但愿吧。不过，我怕那一天，我们都成了枯枝败叶，都认不出对方来了。”他长叹道。

照片下面是很多江口风光明信片。构图精美，字体隽永，图文搭配考究。这些明信片是寄给抹茶的，因查无此人，又被退了回来。我轻声念道：

人生来来往往，世界欠欠还还。有一人在城里平平安安，只为与你共进一次晚餐；有一户人家在山中与世隔绝，只为等你小住一晚。我来你在，你在我来，不是前世之诺，就是今生相约。月亮与繁星，蓝天与碧海，鲜花与春天，你与我。

所有的心事都丢给野风，所有的思念都甩给月亮。我只要一杯红酒，一杯白酒。红酒敬你，未来已来，旗开得胜；白酒敬自己，时光流逝，既往不咎。

世界好美，我只念你。地旷人稀，我在寻你。走过一山又一山，跨过一水又一水，爬过一坡又一坡，经过一寨又一寨，哪里是你家，你又在哪里？

人生莫问有无，世界莫寻空满。有即是无，无即是有，满即是空，空即是满。你所感非你所感，你所见非你所见，心造一切，造一切心。淡定方能从容，宁静才能致远。

世界好生热闹，亦好生寂寞。我好生悲伤，亦好生欢喜。世界如锦心如梭，古朴侘寂如我。

我不想再走了，在这里住一晚吧。或者住上一年也行，春来看野花烂漫，夏到水中游泳，秋赏漫山红叶。

你或许已经忘记我们曾见过一面，那天飘着飞雪。你或许已经忘记我们共饮过一江水，那天雾气蒙蒙。你或许已经忘记我们曾站在同一屋檐下，石块作瓦，一棵棵千年红豆杉，百年紫薇穿过云海人家。

我为你写了很多诗，你却浑然不知。

很多事，还未开始，就结束了。很多人，还未见过，就已走了。很多酒，还未喝完，就都醉了。很多话，还未出口，脸就红了。很多夜晚，天还未亮，你就醒了。我不知你在想谁，我在想你，想你是不是如我一般，很多夜晚，天还未亮，你就醒了。

我希望有一所房子，可以听见月亮漫步的声音。我希望有一个你，可以陪我走过千山万水。我希望有一个夜晚，只属于初次相逢。

我用雾化开的声音，花绽放的声音，水流的声音，寨子里鸟鸣的声音，轻轻呼唤你的名字，只希望能唤醒你对我的记忆。

时间长的缘故，明信片已经泛黄。征得云栖的同意后，我让我的摄影师翻拍。我们的翻拍还在继续，只听云栖用云淡风轻的口气说道：

“因为她，我有勇气做自己。她就像我生命中的一道光，一直温暖着我，一直照耀着我，一路前行。很多年过去了，谁也不知道我为什么在这里建这样一个书房，谁也不明白为什么我要改造流淌那个寨子。今天，我算是头一次向外人透露了我的秘密。”

云栖一边说一边走向美人靠。背影孤独如远处的山峰。

不久，浓雾很快笼罩群山，四野一片朦胧。我们再看不清远处的群山，也无法辨别红云金顶所在的方向。只听见云栖轻声说道：

“我和抹茶在一起只是度过了三天两晚的短暂时光，这段时光在我人生的长河里几乎不值一提。但是，很难想象，后来的日子，我几乎一直活在对那段时光的追忆中。我想，我这一生，真正活过的时光也不过是那三天两晚而已。”

“或许，人生不过三天两夜，昨天迷茫找寻，今天相遇清欢，明天伤感别离；一夜美好，一夜追忆。”我对云栖说道。

浓雾挤进抹茶书房，在各个角落蔓延开来。眼前一片朦胧，我们仿佛云中漫步。云栖又开始做抹茶，双目微闭，茶筅击拂，有如和尚敲打木鱼。古老的黑胶唱片机响起了抹茶的歌声：

走过的山川　森林广袤
经过的溪河　流水清澈
那里抹茶飘香　那里云雾缠绵
青春把永恒　洒向地落湖畔
侗族大歌的爱恋定格在两人的夜晚
很多年以后　往事涌上心头
我会吟唱今天的歌谣　祝福人间天长地久
走过山海辽阔有多少足迹被岁月记得
最好的时光在最美的地方回旋
如果有一天　昨日能重现
我们恋恋不舍
在梵净山

很多年以后　往事涌上心头

佛光还未出现　云雾在金顶停留
这一生一世太过急急匆匆
来不及见证抹茶对水的深情
很多年以后　往事涌上心头
佛光还未出现　云雾在金顶停留
这一生一世太过急急匆匆
来不及见证抹茶对水的深情

如果有一天　昨日能出现
你神秘、空灵　好似梵净山
你神秘、空灵　走过梵净山

导演手记

电影《云在江口》

3月17日　上海　晴

写小说是一个人的事，想怎么来，就怎么来，可以天马行空，可以无所顾忌。做电影是一群人的事，头脑风暴，讨论剧本，见演员见美术见摄影，见山川见河流见岁月，按部就班，没日没夜，事无巨细，小心翼翼。人生就是一场场体验，人生就是相互成就，人生就是遇见值得。每天会有不同的人进来，我每天都得对来的人阐述我想做一部什么样的电影（导演阐述）。我今天又对美术老师说了一遍：

人生不过三天两夜。昨天迷茫找寻，今天相遇清欢，明天奔赴离别；一夜美好，一夜追忆。

我想通过《云在江口》这个爱情故事来表达我对

人生的理解。

这个故事源自我的小说《云在江口》。

故事发生在贵州梵净山，人们称之为“天空之城”，那里有一种难以言说的空灵之美。

在可以看得见梵净山最高峰红云金顶的地方，有一座木屋，掩映在竹林中。一天上午，一个叫云栖的中年男子，一边做抹茶，一边向小说《在慢慢的时光里等你》的作者一枝讲述他的过去。这个讲述分为三个部分，第一天第一夜迷茫找寻，思绪万千；第二天第二夜冒险前行，遇见清欢；第三天奔赴离别，失不再来。

云栖的迷茫就是我们人生的迷茫，没有方向，寻找理想。我希望这个阶段的镜头是潮湿的，是雾气朦胧的，所以有山峦层叠、水声潺潺，人骑着自行车的倒影在稻田里荡漾。这是发生在20多年前的故事，也就是20世纪90年代后期，在农村，那个时候房间的墙纸就是报纸，云栖的房间应该是这样的。书店一般都有交友墙，放有新书，也有旧书，人们以书交友，留言交友。

第二天，云栖遇见抹茶，这好比我们找到了理想，并奋斗不息。这天他们翻山越岭，遇山开路，遇水架桥。抹茶带着云栖走过一片片原始森林，是一场冒险之旅，也是洗礼之旅。云栖一路成长。青苔上的水滴，奔涌不止的飞瀑，连绵起伏的群山，古老的藤缠树，一望无垠的云朵，挂在树上的纸鸽子，山间枯木上的茶席，娓娓道来的茶道，可以作画的抹茶，有阳光，有雨露，有惊喜，有冒险，有蛇虫，有浪漫。最后迎来满天星光，碧波荡漾，水中舞蹈，夜色温柔，琴声回响。

第三天，好比人生的告别。世界是伤感的，一片落叶随风飘落掉入水中。时光穿过隧道，一滴眼泪轻轻滑落，一次没有回应的奔跑呐喊。都成过往，时光无情。

这是发生在夏天的故事，山绿水多。关于服化道具、灯光和声效，我们尽可能还原真实。自然的，原始的，没有雕饰，情景交融。

3月22日　上海　晴

坐了长长的地铁，一站、一站、又一站；走了久久的街道，衡山路、斜土路、枫林路……相遇重逢，一位、两位，很多，化妆师、摄影师、海报设计师……昨天的白天好赶，昨天的夜晚好晚。加油！今天阳光好好！

4月27日　江口县城　雨

我对麻将说能不能换点别的，午餐晚餐，都是盒饭，麻将说一切才刚刚开始。这是行规，从头到尾，不可能更改。十多天过去了，我开始做关于盒饭的噩梦，昨夜还梦见自己怀孕了，又是恶心又是呕吐。我对油腻的东西过敏，而盒饭的菜上总是飘着一层厚厚的油，像滔滔江水，把我淹没。我讨厌一次性餐具，双手合十，祈祷餐食能用瓷碗送来。可每次出现在我面前的盒饭，一如既往，穿着薄薄的白色“外套”。我的数学不好，从小到大，对于等于号，我总是敬而远之，但最近，一拿起笔我就情不自禁写下：剧组＝盒饭，盒饭＝剧组。

4月28日　江口县城

这是一天午后，阳光躲进被窝，他光着肩膀，在云舍摇摇晃晃。我希望他骑马来接我，我也希望他驱车带我去遥远的地方。云雾在山腰飘荡，世界一片朦胧。这是一家没有名字的客栈，我是一个没有归期的旅客。不知何处，生命虚无。

我每天都从这条街上走过，你每天都出现在山腰，有时薄有时厚。我多么想成为你，享受那份仙气飘飘的自由。写小说是独自完成自己的想法，拍电影是一群人去完成一个人的想法。大家围着我转，我围着大家转，我们每天都在指定的地方转。头晕目眩，却又清醒如初。

4 月 29 日　江口县城

约好一起来看的，你却失约了。这两天都谢了，满地的白。你忘了你说的话，我忘了花的名。我们互相忘了，忘了春天过了是夏天，忘了夕阳翻过山头就是黄昏。忘了我们初逢的时辰，一群白鸽飞过河畔，四野回荡着你的歌声。

4月30日　江口县城

事情好多，一件一件确认；任务好重，一条一条去完成；压力好大，一点一点释放。有人选择一路坦途，有人喜欢翻山越岭。人间没有哪行是容易的，活下去，唯有坚定不移。

在人生的长河里，总有一束光，会照亮我们的心田；总有一个人，一直温暖着我们。总有一个地方，百看不厌；总有一个午后，阳光好暖。

5月1日　江口县城

人生就是体验，有人每天都在改写剧本，有人一镜到底。一场送别戏，深情在人间。上个世纪90年代末的火车站，让我们从江口找到辰溪。《云在江口》感恩有你，每个场景都是故事，每个角色都是经历。

5月2日　江口县城

人间所有，都是缘分，世界好大，有你真好。没有一个人无缘无故来到你身边，有人是来度你的，有人是来被度的，偏见成见，统统抛开，海纳百川，有容乃大。

5月3日　云舍

新报纸刷上酱油，变成老报纸。空地围上竹栅栏，变成小菜园。木板拼拼接接，变成大书柜。改造姑妈家，改造书店，改造相馆。电影就是梦境，每一个场景亦虚亦实，每一个道具亦假亦真。

5月5日　地落湖

一场洗澡戏，千山去找寻。历经艰辛，终于相遇。只是水太深，深不可测，路太滑，一步三摇，无法做戏。世间的美有多种，有些可以牵手，有些只能仰望。人生的路有多条，有些是遗憾，有些是惊喜。随缘前行，相见欢喜。

5 月 5 日　江口县城

出门过一条街，又一条街，有人对我说：“你是不是穿错袜子了？”低头一看，无地自容。压力山大！淡定，淡定，离开机还有四天。

5月8日　江口县城

12：00

我想拍的是借一个人的三天两夜，来讲述人的一生的电影。但现实是残酷的，小说是一个人的随心所欲，电影却是若干人的思想统一。他们喜欢挑灯夜战，我爱早睡早起，习惯了一个人的工作，突然来到一个团队协作的世界，一万个不适应，压力山大，痛苦、焦虑、失眠纷至沓来。他安慰我，导演是痛苦的艺术，张艺谋每次导新戏都是这样，受制于各种取舍，也非常痛苦。是吗？我看张艺谋挺开心的，《悬崖之上》口碑和票房双丰收。我说。他无语。我们总是这样对话，没有交集，遥遥相望，互相吐槽，沉默不语。

20：00

我喜欢和我在一起，孤独能使我洞悉人性。我喜欢和画家在一起，画家能帮助我提升审美，我喜欢和音乐人在一起，音乐人能使我获得宁静。我喜欢和你在一起，你是一面镜子，我能因你做得更好。有趣的人，目之所有，都是风景；无趣的人，心之所向，都是苦难。我不排斥所有的交往，人间不过缘分一场。

5月10日　江口县城

今天上午，江口县梵净山公园，院线电影《云在江口》开机仪式如期举行！感恩所有！开机大吉！

5月12日　茶盆田

7：00

一早，制片助理苏艺告诉我，昨天暴雨，官和乡路有塌方，为了不影响我们的拍摄进度，官和乡领导组织村民连夜抢修。正式开始拍摄两天来，每天都有新的感动，负责后勤保障和拍摄进度安排的制片组成员，在大家吃饱后才吃饭，在大家都休息后才休息。起得最早的是他们，睡得最晚的是他们，被骂得最多的也是他们。我对制片主任麻将说，给我配一个助理，麻将回我说："我们所有人都是导演的助理，都是为导演服务的。"麻将好像说得很在理，何尝不是呢？为了我的一个想法，大家竭尽全力。我一时语塞，笑着回她："今晚我什么也不做，组织大家打麻将。"

20：00

早上5点起床，6点出门，晚上6点半收工，8点到酒店。院线电影《云在江口》正式开拍第三天，从县城到官和茶盆田，从官和茶盆田到县城，道路弯弯拐拐，让人头晕目眩。两段晕车的旅程，一场人生兜兜转转戏。爱情是一个圆，相遇的人都在圈里打转。

5月13日　云舍

每天都是挑战，每晚都是深夜。云舍已夜深人静，杨德宅还灯火通明。一个雨夜，万千思绪，辗转难眠。

一场醉酒戏，两个年轻人。一遍、两遍，无数遍，他们俩筋疲力尽，我们声嘶力竭。23点才结束拍摄。好想睡个懒觉，放空自己，犹如初生的婴儿。但这显然是白日做梦，明后天的通告在高山丛林，拍摄难度越来越大，让人头皮发麻。怀念独立写作的日子，怀念与你一起的时光。岁月静好，时光温柔。自由自在，一城清欢。

5月13日

第一场杀青戏。云舍杨德宅。有些小兴奋。感恩孙清老师，戏好，人好。向孙老师学习。孙老师主要电影代表作有《红杜鹃，白手套》《走出西柏坡》《沂蒙小调》等。电视剧代表作有《吴贻芳》《春天的故事》《江山》《假日小楼》等。

5月14日　梵净山

睁开眼是5点，还是累，不想起床。能够让你战胜一切的是强大的内心，能够让你不顾一切的是信念。今天的戏无比重要。加油！自己鼓励自己。如果要在磨菇石上拍照，女人穿什么最好？我一直觉得没有什么比穿旗袍更适合的。没有理由，很多事只是心里的一瞬间，没有缘由，很多人见过了，还会再见。导演的能力在于现场调度，一个人见到一个人，一首诗见到一首诗，朦胧的，清晰的，瞬间的，永恒的，运动的，静止的，追随，茫然无措的追随，镜头里是梦境，美轮美奂，现实里是残酷，失而不得，从现实到梦里，从梦里到现实，我想一镜到底，也想全景呈现。愿今天有佛光，有梦想成真，有心愿达成，有你一直做伴，世界海阔天空。

我喜欢雾，给第一本小说《黔上听香》男主人公取名白雾；我喜欢花花草草，白雾的恋人就叫听香。人生是一场关于梦想的跋涉，我们一直都在前行的路上，有时会遇见白雾，有时会遇见听香，有时哈哈一笑，有时大哭一场。无论怎样，我相信你的所在都是希望，鲜花盛开在你经过的地方。

5月15日　梵净山

5点准时起床，夜晚的黑还未过去，夜晚的静还在延续。想再睡一会儿，但不敢再睡，虽然今天的通告单上写着“大队6点出发，导演6点半”，我可以比大部队晚出发半小时。

两个小时车程，半小时的山路步行。一想到官和就头大，前天晕车留下的后遗症还未散尽。昨天的梵净山拍摄，与大风斗，与游客周旋，团队协作，终于完成任务。夜幕降临，缆车运转，来到山下已是19点多，肚子饿得咕咕叫，但不能马上回酒店吃饭，还得先去寨沙看灯光。寨沙有场夜戏，需要各种准备，灯光排在第一。了解情况，知道进度，回到酒店已是21点多。昨天山上出现点小状况，围坐下来，沟通完毕已快23点半，到剪辑师那儿看完这几天的素材初剪，热泪盈眶，思绪万千。有很多话想说却只能云绕心间，有一些人想见却望而却步。从房间到房间的距离是一步之遥，人心到人心的距离是手背手心。有人悄悄懂你，有人慢慢靠近。我们竭尽全力，我们百感交集。

昨夜一场雨，山体滑坡，把路阻断，但行程已经预设好了，不可能更改。摄影组、灯光组先锋开路，变身修路工人，抓紧筑路。这是开机拍摄的第五天，体会又多一成，对电影越来越敬畏，对电影人越来越崇拜。为了一个镜头、一组画面，竭尽全力，不畏艰难。我已经很多年没穿雨鞋了，今天如此装束穿行在山路溪流间，突然想起童年的某个落雨清晨——我穿上黑色雨鞋，像一匹脱缰的小马奔向绿色的田野。那时野花随地绽放，虫鸟的叫声回荡乡间。

5月16日 江口县城

在一座高高山头，云雾团团，风吹不散，雨赶不动。一双眼睛扑朔迷离，一个人内心百感交集。

拍电影很多时候是靠天吃饭。今天落雨，不能出工。不出工也没有闲着，召集大家开会鼓劲。不算群演，制片、美术、摄影、灯光等各组成员近70号人，来自全国各地，除了我是门外汉，他们都是年轻的老电影人。所有人都是我的老师，除了感恩，还是感恩。相逢是缘，一起加油！愿接下来的拍摄，天天顺利，夜夜吉祥！

5 月 17 日　凯德廖家坳

今天的演员该怎么演，今天的调度该怎么来，今天的机位该怎么架，每天一睁开眼睛，无数的问题萦绕心间。人间最美是初逢，这是他们的第一次正式相遇。在写小说的时候，我做了很多设计；在做剧本时，与团队反复探讨，这些设计又不断优化调整；进入拍摄现场，这个设计又会有变化；到做后期时，这个变化又在生长。从小说到电影，变化一直都在，不变的是初心。人的一生就是变化的一生，世界的美源自春夏秋冬，季节更替。我们的相遇也是，找一个懂你的人度过余生，找一个你懂的人，揍他一拳。在一个大雨滂沱的夜晚，无所畏惧地走上街头，大声呼喊：我心里想说的话，你为什么听不见。

清晨7点抵达今天的拍摄地——凯德廖家坳，家家关门闭户，难见人影，村落还在沉睡中。细雨绵绵，一片竹林，几棵金丝楠木，一堵带苔藓的石头墙，一只蜗牛，两个人，三言两语，并肩走过寂静村庄。人生最美的时刻不过如此，有一个人陪你走过一段路，那时的你们正值青春，那天天气不错。你们说过的话，一直在心中流淌，留下的背影，定格在人生长河里。小说可以随心所欲，电影却只能屈服于天气。场景确定，演员试戏，一切准备就绪，将开机拍摄，大雨突然降临。时间流逝，没有停歇。我们不得不临时决定，选择转场，到云舍书店拍室内戏。人生没有白走的路，今早我们却白走了一段。

或许是因为阅读改变了我的人生，我对书店有一种难以言说的迷恋。“乡恋三部曲”，三个故事里都有书店，有的在乡村，有的在城市。《云在江口》筹拍时，我和团队在江口找合适的地方造电影中的书店。几经周折，最后确定用璞居民宿的一间房来改造。璞居在云舍神龙河畔，在征得主人黎东梅女士的同意后，我们的美术老师开始设计，道具组开始寻找老木，最后请到老手工艺人打书架。每一本书，每一盘磁带，每一面墙上的海报，每一个装饰器皿都有讲究。今天是开拍的第八天，对电影的认识又多了一层。电影是极致的艺术，每一个细节都容不下半点瑕疵。感恩每一次机遇，让我对自己有更多的认识，对世界有更多的感知，对未来有更多的希望。

5 月 18 日　江口县城　云舍

3：00

最近太热闹了，我想独处一段时间；最近说话太多了，我想闭口不言。我想放下所有，过一种全新的生活，比如一个人走一条路，空空荡荡，没有尽头；比如一个人爬一座山，高不可攀，永无止境。比如你我初识，在一处洁净海滩，我不知所措，你满脸通红，一望无垠，海阔天空。

8：30

一早，大雨如注，只能再次更改今天通告，转场云舍书店拍室内戏。

辛苦团队的每一位成员，5 点多起床，最后不得不向天气屈服。想起几天前拍夜戏没有雨，我们可以下雨，而这几天都是雨，我们却借不来太阳。在大自然面前，每个人都卑微如蚁，除了敬畏还是敬畏，我们所有能改变的微乎其微。

我突然想起小时候，春耕时节，久旱未雨，某个夜晚突然雷声滚滚，大雨滂沱，第二天一早，我跟着父母下田冒雨劳作，我们在雨中放声大笑。这是丰收希望的笑。

这日子好漫长，有人在等下雨，有人在等雨停，有人在风中飘荡无依，有人在风中呐喊前行。世界一如往昔，只是我们一直在变。未来不可预知，只有坚定初心。

此时此刻，因为执导院线电影《云在江口》，我希望大雨停歇，好进蜂场；我希望天气晴朗，好进森林。我希望你还记得我，不分东西南北，为我祈愿，跨越万水千山而来，给我鼓励。岁月如昨，我在等你。

13：40

电影的镜头并非按照剧本的顺序拍摄的，一切都在变化中。昨天拍摄离别，今天拍摄初逢，颠三倒四，根据现场情况，可能加戏，可能减戏，变化多端。剧组的女生喜欢璞居主人的小狗蛋壳，尤其是制片人米子老师。

昨晚回酒店途中，她对我说蛋壳太可爱了，要专门给蛋壳加一场戏，我考虑到不可控，未置可否。今早，坐在监视器前，蛋壳冲进门来，跃到我怀中，吓得我……我怕狗，大狗小狗都怕。蛋壳为了上镜，算是做了努力。好吧，蛋壳准备！

20：47

这是马不停蹄的一天，这是疯狂前行的夜晚。白天5点起床，转场云舍、廖家坳，拍摄没有停歇。成功完成小孩和狗的拍摄挑战。晚上在村子露天吃完盒饭，回到酒店拿衣服，又马上赶往二坝拍夜戏。不敢松懈，抢天气，争时间，分秒必争。感恩团队的极力配合，感恩所有的支持与鼓励。生命本身毫无意义，若有，不过是你遇到一个懂你的人，支持你做你想做的事，遇到一个你懂的人，成全他梦想成真。

5月19日　江口县城

所有的夜晚都不是夜晚

所有的白天都不是白天

我燃起篝火想起你

马灯点亮整个河岸

这是一个令人沮丧的时辰

5 月 20 日　明牙池大桥

凌晨 2 点，一群人还在河岸战斗。好希望夜长，长到没有尽头，能有充裕的时间拍好这几场戏；好希望夜短暂，短暂到马上到白日，可以立即收工回酒店睡大觉。经历过，才知道职业电影人过的是什么样的生活；实践过，才明白为什么那些精彩的电影瞬间会一直留在我们心间。人生是一场无聊的旅行，需要做一些有趣的事情来丰富这个过程。电影是所有有趣的事情中最让人心动的一件，做过了，才知道什么叫泪流满面，什么叫百感交集，什么叫沧海桑田，什么叫万水千山。电影 520，520 电影人。

5 月 21 日　寨沙

1：12

夜已深。寨沙的戏还未结束，新的通告又悄然而至。现在好困，好想睡觉，睡到自然醒。但哪又能睡，拍摄还在继续，鼓楼里，火坑旁，人在戏里，戏在人中。

3：58

回到酒店已是凌晨 3 点，不要以为，连续熬两晚就可以休息了。通告单上显示，天亮后 10 点出门继续拍摄。《云在江口》开机以来，劳动强度不断加大，让人有点吃不消，我每天给自己鼓劲。如果这是一段旅程的开始，让我忘乎所以，移步朝前。人生没有意义，若有，不过是你在路上，有人懂你，你有梦想，八方助力。感恩所有，地久天长。

9：21

一切都在变化中，没有什么是一成不变的。昨天夜戏原计划是按剧本顺序拍摄的，但一会儿是群演时间不确定，一会儿是歌舞演员有变动，只能随机调整，随时应变。拍摄过程中，有游客以为好玩，乐意加入，一遍、两遍、三遍，几次重来，兴奋劲儿消磨殆尽，最后悄然离去，再无影踪，弄得我们无地自容。人人都不可控，在现场，我常常会因为画面里有一个灯没有关掉，拿起对讲机对现场制片大喊大叫，也会因为演员的夸张表演而大声叫停。印象最深的是差点报警，原因是凌晨1点，一个20多岁的小子坐在演员面前，死皮赖脸，风吹不动，人赶不走。制片对我说是喝醉了，但我看他比谁都清醒，神情淡定从容，抽烟比谁都凶。一个正常人不会无缘无故耍赖，我追根究底，他们告诉我这小子是因为爱情。他对我们的场记姑娘一见钟情，索要人家的微信，人家不给，他就不走。这让我突然觉得这个世界难有人免俗，人人都是爱情的奴隶，每个人来到江口，都有自己的《云在江口》，都有属于自己的三天两夜，都有自己的刻骨铭心。只是有人痴心，会去等待二十年，有人无所谓，只是坐在炉火前，伤心一回。

云舍书店的戏杀青。养蜂人的戏杀青。姑妈的戏杀青。表哥的戏杀青。特别感谢毕远晋老师、孙清老师、薛敬一老师。每一场戏的杀青，犹如读书时的每一次毕业，有人会离开我们，不再返程，有人会来到我们身边陪我们继续前行。但无论如何，走到最后，我们终究是一个人上路，一个人面对，一个人自言自语，一个人百年孤独，一个人海阔天空。这是每一个生命的宿命，一切都在冥冥之中。正如三年前要出版的这部小说——《在慢慢的时光里等你》[1]，总是因为各种原因停留在原来的地方，至今仍未面世。但今天它却成为《云在江口》电影的道具，作者由山峰变成一枝，先被人们所见。

[1] 长篇小说《在慢慢的时光里等你》改名《从贵州到罗瓦涅米》，已于2022年6月面世。

5月21日

《云在江口》电影中有好多场吃戏，每一场都尽量不一样，今晚拍摄的是江口特产萝卜猪。既然是爱情第一顿饭，我们选择在一个清水流淌的地方，远处竹林茂密，演员身后是一棵古树，树干上长满苔藓。这是藏在竹林深处的人家，多年前初遇就很喜欢。筹备看景时，原本想把云舍书店放在这里，但每栋房子自有其命运，这栋木楼终究是一日饭店。饭店的主人原本定的由贵州双响炮饰演，但因档期问题而不能赶到，我们只能临时调整演员，找到一位厨师本色出演。这是一位有故事的厨师，执行导演赵乐给他取了一个名字——清欢哥。这位厨师究竟是谁，赵乐为什么给他取这样一个名字？人间所有都是缘分，世间重逢都有源头。

5月22日　凯文村二坝

电影是遗憾的艺术。一个场景里发生的事，最好在一天拍摄完毕。补拍会有很多变数。那天我们拍摄兄弟饭店时，天气晴朗，昨天去拍摄时，落起了小雨。那天男女主角从水中上岸，裤脚湿漉漉的，昨天他们则是从陆地走向陆地，裤脚上一滴水都没有。回来看片，发现如果按照之前的思路剪辑，显然穿帮。补救的方式不外乎两种，一种是改变剪辑思路，一种是重拍。重拍没有那么简单，牵一发而动全身，为一个镜头，不是摄影师扛起机器一个人就能搞定的，几十号人得重新出发，按部就班，再来一遍。与人一样，每个镜头有每个镜头的命运，每个场景也有每个场景的一生。有时候一个判断的失误会带来巨大的影响，比如该选择在哪里放置故事，之前的设定会因灵感乍现被完全颠覆。世间没有完美无瑕，任何选择都不是尽善尽美，或多或少会留下遗憾。在现场，很多时候，你会犹豫，会一时语塞，会不知所措，会突发奇想，但你尽可能地保持冷静，作出尊重自己内心的选择。电影不是小说，可以一个人天马行空，随心所欲，电影是大家合作的艺术，你必须了解团队里核心成员最强的一面，并能激发他们把自己的所能发挥到极致。任何情绪上的不稳定都是伤害，对艺术的伤害，你必须一如往常，保持冷静，你必须坚定不移，综合所有，相信自己的判断。导演是什么？导演是抉择，是妥协，是霸道，是伤痕累累，是无所不知，又一无所知。

5月23日　云舍

5：00

无论世界如何热闹，心始终是孤独的，无一例外。我们期待的相遇和重逢，不过是为了有人能懂自己，孤独减轻，轻松上路。但世界总是事与愿违，生命颠沛流离，孤独地老天荒。

8：00

喜欢雨天，喜欢发呆，喜欢云雾团团、白白软软，喜欢一个人走一条路，河水潺潺，喜欢你的喜欢，远离尘嚣，时光慢慢。

10：00

人间的相逢没有无缘无故，电影里的镜头也不是空穴来风。感谢芭蕾女孩黎萨的特别出演，这是电影《云在江口》唯一出现的一抹红色，代表希望，也代表主人公对爱情的渴望。打糍粑的声音此起彼伏，一颗心在咚咚咚跳。糍粑粘着糍粑，心似双丝网，中有千千结。

20：00

因为落雨，出工晚，今天的通告没有能完成。甩下的，都会在后面叠加。《云在江口》这部电影完全靠天吃饭，大多数的场景都在户外，而且是大山深处人迹罕至的地方。拍摄周期已经定好，不可能更改，压力越来越大，每天都在祈祷明天能有个好天气。

收工回来写手记，忘记饭点，下楼去，盒饭还有，菜却没了。没关系，拿起两个盒饭，来到房间，用姜末下饭。山顶不开心，要我带她去吃火锅，我说这盒饭剩了就得倒掉，太可惜了，我们就将就一顿。山顶还是不开心，我对她说："你今天有什么贡献吗？"山顶不说话，拿起笔开始写日记。今天山顶没有什么贡献，山峰也没有完成拍摄任务，他们俩没有理由到外面吃火锅。山顶觉得山峰说得有理。顶妈妈总是会创造奇迹，见我要用姜末下饭将就一顿，不大一会儿，耍魔术般，自制了一锅辣椒西红柿鸡蛋。山顶好喜欢这个味道，吃了两碗。山峰也吃了不少。

吃完饭还要去看素材，今天拍得怎么样，有没有掉镜头，今天演员的表演如何，有没有什么地方需要改进……无数的问题萦绕心间。早睡的日子一去不复返，现在的每天都是奋战。

野秋圖
辛丑冬
國春寫

5 月 24 日　凯德

还有什么比看不到希望之光，更让人迷茫呢？还有什么比得不到你的回响，更让人绝望呢？

根据天气预报，今天无雨。制片组为此专门安排了森林戏。完成第一场后，第二场刚开始不久，雨来了，只得暂停拍摄，雨中午餐。世界上很多事再大都可控，唯天气变化让人束手无策。天气预报显示 13 点雨停。吃好饭，闭上眼眯一会儿，醒来已是 13 点一刻，但雨比之前更大了。世界上很多预测都准，唯天气预报有时准，有时不准。

5 月 25 日　梵净山居
明牙池大桥

4:00

常常在夜半醒来，眼前是波澜壮阔的海；常常在你熟睡时，睁开眼睛，天上是满天繁星。我想起炊烟袅袅的村庄，一个人惆怅，一个人歌唱，一个人赶马走过稻田，一个人坐在村口，遥望远方。有些生命理智，有些生命荒唐，有些生命只为有些生命活着，有些生命只为有些生命歌唱。我一无所有，一无所求，若有，不过是要你一个祝福，心遂所愿，地老天荒。

今晚想喝酒，和你；今晚想听歌，和你；今晚想昨晚没有想清楚的事，和你。人生空空荡荡，因为有你变得丰盛充盈。梦幻之地，夏日邂逅，三天两夜。今天计划拍摄 2.9 页，刚结束梵净山居古桥、吊桥戏，马上转场明牙池大桥拍摄黄昏戏。感恩所有，奋力前行。

明天有炒茶的戏，道具准备的绿茶却是这样的。幸亏多问一句。要不然呢？电影是细节的艺术，任何一个地方都要准确、精确。越往前行，越觉得不可以完全相信任何一个人，开拍前要一再确认，开拍中也要一再确认，当天的素材也需要一再确认。以前以为坐在监视器前的人最轻松，现在终于明白，最不轻松的就是这个人。事无巨细，懂得自己想要什么，还得要清楚明白各个组的人员能不能给自己想要的东西。为赶进度，有时候作出妥协，降低要求，留给自己的是一肚子的悔。性格温和的自己，最近忍不住想发火，想揍人，想一脚踢飞某物，想一巴掌拍醒还在梦里的人。

5月26日　大河堰　金盏坪

7：10

在人生的长河里，总有一束光，会照亮我们的心田，总有一个人，一直温暖着我们。这是一趟让人心心念念的旅程，经历过就是一生。小说想表达的，几个字就写完了。落实到电影里，都是琐碎的细节。写小说时基本上是按照故事发生的先后顺序来推进，电影拍摄则是随时随地，无时无刻不在变化之中。通告根据天气，随时调整，非主要演员也必须提前做预案。经历过才明白，任何光鲜亮丽的背后，都是荆棘丛生。按剧本顺序，应该是先从茶山到家里，但选择场景地茶山和家不在同一个乡镇，方向也不一样，相隔太远。今天的通告单写的是先拍家里。从茶山到家里，一路泥泞，意味着鞋上带很多泥，意味着服装不那么干净，意味着脸上可能有汗水……一连串的细节，你得考虑到，否则拍出来后，到剪辑时会接不上。今天起得晚，这段文字在车上完成。还好是高速，车程稳定，一路笔直，人不晕车。无论昨天发生什么，今天是全新的，不断改进，保持愉悦，全心逾越。

22：00

等天慢慢变蓝，等你悄悄来访。无论晴雨，每天有一个时辰天会变蓝；无论何地，每夜有一个人会默默想你。白日与夜晚交替，人与人轻声相许。这是梦境，安静无声。现实里却是杂乱、争吵、纠缠不清。这栋木楼经历了它从未有过的热闹，从一天的白日到夜晚，一群人进进出出，一顿饭吃了一回又一回。电影是为很多人造梦，同时也让很多人梦碎。越往前行，我越不相信我以前在电影里看到的一切，一切浪漫美好，一切和谐安宁，一切美食美味。除了自然美景是真实的，其他的一切不过是创作者的虚构，背后的残酷过程不让你知道，让你知道的都是美的假象。人活着，需要有梦，无梦做梦，做不了梦，就看别人造梦。这或许就是电影的魅力吧。爱之为之，乐此不疲。

再补充几句：今天的戏全部在大河堰完成，回到城里已是 21 点，有点晕车，写下这段晕乎乎的文字。今天再次感觉到集体创作的艰难，有人只是为了完成一件分内的事，有人却是要完成一个作品，有人马虎成为习惯，有人精益求精。合作的过程是脾气暴发的过程。希望明天没有脾气可发，岁月静好，时光停留。眼睛快睁不开了，但还不能睡，还要对剧本进行微调。加油！

5月28日　官和

街灯孤独，四周静寂无声。准时出发，前往无人之地。几个月前，第一次去官和，山道弯弯，对官和的印象除了晕车，还是晕车。当时暗示自己，电影外景地，尽量不要放到官和。但人间的很多缘分就这样奇妙，团队选外景时，全县扫描，不分远近，只要适合，官和也作为备选地，遗憾的是，在第一、二轮被淘汰……开始晕车，先写到这儿。

22：00

每天都是跋山涉水，每天都是起早贪黑。一天比一天出工早，一天比一天收工晚。电影人的辛苦，只有做了才知道。筹拍时，天天盒饭我叫苦，他们说苦在后头。

现在信了。手机没有信号，一整天与世隔绝。外面是夏日，里面是寒冬，穿上羽绒服还是冷。难为两位演员了，身子瑟瑟发抖，还得按照剧本穿着单衣表演。对谁都不要羡慕，世界上所有光鲜亮丽的背后都是让人心碎的艰辛。感恩所有，希望明天是个好天气。

5 月 30 日　泗渡王家冲

我以为你的内心是一片波澜壮阔的海，后来发现是一个幽深莫测的芦苇荡。我以为你的世界一望无垠，后来我看见荆棘密布。人间最难读懂的不是某书，而是某人。人间最苦的不是做某事，而是遇上某人，你读不懂他，他读不懂你。爱的天平摇摆不定，迷失的心杂草丛生。三天两夜的邂逅，夏日丛林的冒险，院线电影《云在江口》明天继续在深山野谷中拍摄。今天 5 点出门，近 21 点回到酒店，晕车昏沉，饥寒交迫，身心俱疲。21 点接着看片开会，写完手记，已至凌晨。明天一早 6 点半出门。

可怕的电影人。

泗渡王家冲半个多小时的山路，多是现辟出来的，山陡路滑，一路泥泞。昨天，化妆师楠楠差点滚下山谷。今天一早醒来，赶紧在群里提醒大家："安全第一。一定要小心再小心，慢行再慢行。"除了安全一再强调、提醒，其次就是要大家注意保暖，虽是夏日，山谷湿寒如冬，衣服一定要多穿点。现场制片刘明经验丰富，环境保护观念极强，拍摄现场产生的垃圾无一例外，装好带走。保护环境人人有责，今天是山谷拍摄的最后一天，担心大家匆忙中将雨衣遗留在山谷，造成污染，又一次在工作群提醒全体成员："我们只是山谷的访客，山谷给我们带来美好的取景回忆，我们要还山谷一尘不染，带进去的雨衣要带回来，任何一个矿泉水瓶也不能留下。"5 点起床，又要出发了，希望今天一切顺利！感恩所有，平安吉祥！

官和泗渡王家冲的戏全部杀青。下午阳光明媚，照亮山谷。关于这里，想写的东西很多。一言难尽。身心俱疲。我和现场制片刘明最后离开，检查是否有垃圾未清走。现场已经很干净了，偶见一细小的零食包装袋在草丛中，我捡起来，刘明接过去，一路上，看到类似的细小包装袋，他一一拾起。要感恩的太多，今天先感恩王家冲的村民，在这里拍摄的这几日，是他们协助我们搬运电影拍摄器材，是他们跋山涉水送来午饭，是他们带我们选景。愿未来，这里的瀑布因为《云在江口》有一个好听的名字——鸽子花瀑布，这里的山谷也因电影成为人们向往的旅游地。再次感恩。已快21点，得去看今天的素材了，明天地落湖见。

驱车经过省道、县道、乡道，再乘船经过地落湖，来到一无人之地。这里溪水潺潺，野草疯长，苔藓密布，花开遍地。远处山头，浓雾弥漫。与昨日在山谷不同，涌进鼻腔的不再是腐木的味道，而是野花与草木的清香。在灌木丛林里穿行，走不远就是一平地，适合摆放所有器材，也可作指挥中心。今天拍的是森林前戏，他们将走进原始丛林，开启与世隔绝的一天，走进一生中让人无法忘却、无法自拔、让人回味无穷的夜晚……今天第一次在拍摄现场发飙，这是一部安静的电影，台词太多了，现场的声音太多了，我想安静，戏里戏外的安静，谁要再说，我让谁闭嘴。想让谁的脾气变坏，让他去做导演。这是真理。回城路上，哈欠连天，好想大睡一觉。但还要看素材，还要考虑明天的戏怎么拍，从剪辑师房间回来已是23点。明天的戏是在湖面上，一想到要走出平庸，拍出点新意，顿时睡意全无。

6月1日

今天继续征战地落湖。6：45抵达。湖面平静如夜，远山身形挺拔。想要的云雾没有出现，这个世界没有秘密，一切大白于天下。这是两人归隐的前一刻。经历过世俗的热闹，一切变得越来越简单，想要的不过是一个人陪伴，一条船划进芦苇荡。

地落湖上，一条小船，两个人。这场戏不想按照剧本拍，想即兴发挥，表达人生的归隐，人生的遗忘，人生是空，是静，是无，是一场与喧嚣的盛大告别。世界百年孤独，你我沧海桑田。这是一次有难度的表演，也是一场最具挑战的拍摄。摄影机绑在木船上，不按剧本来，跟随灵感一路狂奔。我拿着对讲机对他们说："你看见水了吗？那不是水，是空无。你看见山了吗？那不是山，是空无。你看见他（她）了吗？那不是他（她），是空无。你所感知到的自己，亦不是自己，是空无。”我想要他们最干净的眼神，最独特的情绪。世界一无所有，人间空空荡荡。没有花香鸟语，没有爱恨情仇，没有相遇离别，没有你我，没有人生若只如初见。放下。是空。是无。两艘船，东倒西歪，来来回回，一次又一次。你在银幕上看见的美，是一场压力山大的冒险。

22：00

不想再说一句话，不想再见一个人，从地落湖回到酒店，累成了一条狗。穿着水胶鞋在地落湖上漂了一天，回来才发现里面是湿的。第一次因为专注一件事，双脚浸泡在湿润的环境里，居然毫无知觉。鞋是怎么湿的，现在才想起是昨天被弄湿的。在铺满白色石头的浅滩，被水淋了一身。一个人要想做好一件事，得经受各种各样的考验，得受各种各样的委屈，得学会一个人翻山越岭、一个人直面残酷。一个人走进没有尽头的芦苇荡，一个人在深山野谷嚎啕。世上所有都是孤独的存在，任何坚定不移的懂得都是百孔千疮。不要相信所谓的真理，世上没有真理，若有不过是真情流露，并找到适合它的表达方式而已。

6月2日　古村落

世界亘古不变。只是有人来了，有人走了，有花谢了，有花开了，有水涸了，有水涨了。你是那萦绕山头的雾，时有时无，时远时近，时浓时淡，虚无缥缈。有些话想对你说，却挤不出口，有些事想和你讲，又怕你听不懂。目之所及，没有风景，心之所向，皆是荒芜。

从筹拍至昨日，一直为鸽子花树和鸽子花纠结。打听鸽子花树，等待鸽子花开，等待鸽子花谢，寻找凋谢的鸽子花……鸽子花林在原始森林深处，从德旺步行两个半小时才能抵达。村民说里面蚂蟥密布，有熊出没，危险重重。剧组几十号人进入原始森林不现实。但鸽子花是《云在江口》最最核心的道具之一。不可或缺，剧本一改再改，拍摄方案也一再调整，甚至提出“造树计划”。时不我待，最后冒着极大风险与危险，在王家冲完成拍摄。看完初剪，所有人都沉浸在剧情中。唯自己傻眼了。不对！完全不对！如何补救？不敢和任何人提及，辗转难眠，思考解决办法。昨天与鸽子花的果实相遇。一切终于迎刃而解。（是怎么解决的，电影里见答案。）感恩所有，你能坚定不移，世界会给你带来惊喜。今天又是夜戏，愿一切安好！吉祥如意！杀青进入倒计时！

《云在江口》开机以来，趣事不少。那天下午，来到民和镇某田野拍摄，正在地里干活的大娘见我们一大群人布阵田间地头，惊问：“你们来干哪样？”道具哥回：“拍电影。”大娘：“我们乡下都是坡坡坎坎，房子又不好看。不得风景，能拍哪样电影？”那天上午，前往茶场，演员朱茵远远看见一头水牛，一脸惊讶：“那是什么？”顶妈：“是水牛。你没见过？”朱茵：“啊，长这样，第一次看见活的。”摄影指导高子逸老师笑着总结道：“不止乡下人与世隔绝，城里人也是与世隔绝。”

对绿皮火车有一种莫名的喜欢，一直觉得人间最深的离别，不过是你坐上火车远去，而我奋起直追。但不是每件事都心遂所愿。各种原因导致这场戏无法拍摄。只能另想办法。想到一个幽深的隧道。想到黑。想到暗淡无光，想到梦境，想到一个人的撕心裂肺，想到怅然若失的表情，想到浓雾弥漫、树影朦胧。想到一辆汽车，想到一个路边小站，想到细雨绵绵，想到自行车空空如也，与此同时，一条路空空荡荡，一座山连着一座山，一条河连着一条河，一个人再见不到一个人……

一早至现在，等雨停。雨停了，水涨了，场景变了，戏接不上了。一日无功。心情很复杂。白白浪费一天时间。昨日的火车站戏没拍成，已荒废了一天，今日又因为雨，无功而返。在人间，要做成一件事，真不容易。再大的毅力有时也斗不过天，再勇敢的心，也会在世事难料面前支离破碎。返程坐上摄影车，想让摄影师拍些空镜，填补今天的空空如也。

6月3日　莲花隧道

戏里最深的情感，都在眼睛里，浓烈的爱，有时就是双眼刹那的湿润。今天拍的是离别戏。演员的眼睛里该湿润多少？提醒自己，把握好这个度。一直都按剧本来。今天的戏不全是，地点从火车站换成汽车停靠点。这是昨天上午临时想到的。火车站拍不了，汽车站又不能拍，我想到小时候在路边等车的情形。一条马路弯弯拐拐，一个人站在路边任风拂过脸颊。制片主任麻将说，写一个飞页。我问她，飞页是何物？她说，飞页就是原剧本没有，要拍了，马上写一个出来。好吧，那我就飞一个。昨天写好了，发给制片组。飞页在昨天下午就飞进了剧组每个成员手中。只是飞的技术高超，从门缝里飞进来。那些通告单也是，每天回来就看见单子躺在地板上。拾起来。不想看，又不得不看。其实每场戏在拍摄时，会冒出很多新想法，有时想，我们能不能不要剧本，有时候现场的创作比既定的更好。一早醒来，又看飞页，今天如何拍摄，如何指导演员表演？心里得提前有画面。内容是否遗漏？想到这，马上写：1. 增加一段骑行入场。2. 在书里夹一张小字条，那是男主的小心思，只不过这个留下联系方式的字条飘落在地。观众看到了，女主却一无所知。前一个是昨晚反复看上一场戏想到的，后一个是制片人米子提出加的。电影的创作有时候就是这样，你一言我一语，构成波澜壮阔的海。6 点半出发，不写了，马上刷牙洗脸。

6 月 4 日　莲花隧道

昨天等雨停。今天躲太阳。电影是光影的艺术，胜亦光影，败亦光影。太阳光太强，停工。吃西瓜。

前一段每天双脚都泡在水里，今天是反复在烈日下奔跑，做演员真不容易。大晴天对于《云在江口》也是灾难。今天出工早，遇到大白光，拍拍停停。工作效率低下，比遇上雨天好不了多少。电影靠天吃饭。这句话是真理。

如果要等雾来，会是什么时候？如果要等雨至，会是哪天？谁也预料不到，一切都在变化之中。行程已经预设好了，一切只能随缘。剧本预设的是云雾缭绕的场景，剧组所遇全是艳阳天。既然如此，只能用慧眼去发现新的美，只能用思想去改变既定的剧情。剧本的设定只是方向，一切都在随机应变中。今天第一次让演员用眼药水，第一次接受众人的意见让演员接吻，第一次在现场改剧本台词时，眼睛泛起泪花，第一次因为玻璃不干净停拍，第一次对自己的坚持满意。今天有很多第一次，明天也会有，明天是重头夜戏，如何拍，才会出彩？

6月7日　太平河

山顶来江口快一个月了，我每天都早出晚归，没有时间陪她玩。难得一个上午休息，陪她戏水。在水中，她看见小鱼儿，她伸手去抓，总是落空。在岸上，她看见蚯蚓，她说蚯蚓渴了，舀水给它喝。山顶的世界，玩是第一位的，花花草草，鸟兽虫鱼，即使只有她一个人，也总能找到无尽的乐趣。她邀我下水，太阳如火，水冷刺骨。我想到今晚要拍洗澡戏，演员该如何下水。如果按顺序拍摄，深夜水更冷。那么，如果放在开场呢？满脑子的问题翻江倒海而来，不得不上岸想解决方案。落座石头，只听见山顶在水里喊："爸爸，你快来呀！我发现一个螺蛳。""螺蛳？"不知为何，我突然又想到自己的一篇叫《螺蛳壳》的小说，那是前年写的，还未完稿的作品，讲述的是一户人家的一段奇幻旅程。创作这个故事时的幸福瞬间，在眼前浮现开来。写小说是幸福的，想怎么来就怎么来。拍电影是痛苦的，设想与结果总是相差得很远。同样是创作，为什么会这样呢？又为什么不会是这样呢？

在不远处的山头，几户人家掩映在树林中。是我想要的清一色的木楼，是我想要的与世隔绝。是我想要的天然宁静，是我理想中的世外桃源。一个暗流涌动的故事，一段无法释怀的青春。一早起来，坐在露台上，眺望远处人家，思绪万千。这里会成为《都匀清欢》电影的核心外景地吗？如果会，我希望这一次能给我更多时间，我真的想拍出我想要的意境，而不是看通告单，马上开工，一切随缘。

6月7日　白杨坪

在此隐居数十年，只为等你来相见。《云在江口》最后一场室内戏，今天下午杀青。感谢群山之心提供外景地，感谢承颖老师的精彩表演。感恩所有，没有遇到云雾团团，却意外收获了最美的一缕阳光。今晚在明牙池大桥河畔拍摄，这是最后一场夜戏。天地宁静，人间吉祥。

6月8日　明月池大桥

最后一场夜戏。下午4点开始筹备，晚上8点开拍，凌晨3:50分结束。离开片场那一刻，向山水林木、虫鸟鱼虾，深深鞠躬。很长一段时间来，我们反复来到这里，打扰了这里的宁静。

在离开片场回酒店的路上，百感交集，泪流不止。今天的收工，意味着《云在江口》的大戏全部拍完，从小说创作到开机拍摄，一路走来，事无巨细，历历在目，冷暖自知。写到这里，鸟叫声从窗外传来。小城新的一天又将开启，每个人又开始每个人的忙碌。而我只想睡上一个好觉，补充体能，迎接新的挑战。对于昨晚的大戏，再次感恩团队的努力，特别感恩抹茶饰演者龙丽的敬业表演，面对深夜河水的冰冷刺骨，毫不退缩，一次又一次战胜自己。感谢饰演云栖的谭谦俊，总能在关键时刻找到自己。

6月10日　江口县城

近30天的拍摄，两个8T硬盘的素材，看完三个多小时的初剪，总算松了口气。深山野谷，蛇虫密布，每天犹如荒野求生。早出晚归，绞尽脑汁，每夜好似迎接大考。房间门缝不再有通告单塞进来，手机《云在江口》摄制组微信群不再热闹，酒店的早晨静悄悄，酒店的门口再听不到熟悉的催促声。大部队成员已于昨日先后离开，一切归于安静。安静的早晨，安静的午后，安静的夜晚。在自己最喜欢的地方，完成一部电影，仿佛是做了一场梦。要感恩的太多，实在太多太多，山山水水、林木竹石、弥漫浓雾、飘飘白云、茶树繁花、飞鸟大鱼，县里、镇里、街道、乡里、村里、组里，旅游局、梵管局、气象局、融媒体中心等涉及的各个部门，投资出品方、联合投资出品方、宣传发行方、联合摄制单位、支持企业，任何一场相遇都是感恩，每一次重逢皆是感动。制片组、摄影组、灯光组、美术组、道具组、录音组、服化组、车队组，剧照组、后期组、花絮组、演员组、导演组，每一位成员兢兢业业，每一位组长不辞辛劳。默默在背后支持的监制及他的好友们，悄悄在身后付出的家人，静静在远方祝福的朋友。一段旅程的结束，是另外一段旅程的开始。作别杀青，将进入后期制作。因为有您，有你们，才有光芒。感恩所有，向各位鞠躬！谢谢您！谢谢你们！

6 月 11 日　江口县城

最艰难的一段日子，已成为过去。今天先感谢摄影指导高子逸老师。

写作是一个人指挥一台电脑，电影创作是一个人要指挥一群人按照自己的想法工作。

作为导演，自己是个新人，在现场的突发奇想常常会遭到各种质疑，引来各种声音，甚至会引发一阵哄堂大笑。有时候会在乎别人对自己的看法，会马上作出妥协，有时候会义无反顾地坚持，天塌下来，自己扛。在我的世界里，艺术创作没有规则、限制，一切都是全新的，有无限可能，没有对错，若论成败，不过是想象力的大比拼。每天都是一场盛大的冒险，我是冲在最前面的那个人，我做任何事情都慢，常常在拍摄过程中，因为想象进入另外一个时空，忘记喊“咔”（Cut），让大伙茫然不知所措。常常因为大脑短路，话说了一半，没有了下一句，突然叫停，让众人觉得我是傻子。其实那个时候，我更困惑。因为没有经过系统的电影学习，自己想要表达却找不到专业的表达方式、语句，急得像热锅上的蚂蚁。

最艰难的一段日子，已成为过去。今天先感谢摄影指导高子逸老师。

差不多一个月来，他与我每天形影不离，一大早准时准点坐在监视器旁。这场戏，该如何拍，我把我想要的感觉告诉他，无论是什么样的突发奇想，他总能有无穷的办法来实现。多数的时候，我们各用一台监视器。他总是把最好的那台让给我，在深山野谷只有一台的情况下，他也总是把最佳位置腾出来，让我看得更清楚。有一天，我坐的椅子坏了，他于无声无息中，把好的椅子让给了我。我们总是互相谦让，但每一次，我都是他的手下败将。他说话很轻，却很有力量，人很幽默，艰苦的拍摄现场往往因为有他而笑声不断。他为人谦逊，他影响我很多，让我看到自己的很多不足。和他在一起，每天都是学习。我记住他说的话：“人发脾气是因为找不到解决问题的办法，解决问题是有办法的，不要轻易发脾气。”他是上海戏剧学院摄影系主任，宁静主演的《红河谷》等是他的摄影作品，他是中国影视摄影界最低调的大家之一。正是因为有他的保驾护航，每天走进片场，我能满怀希望。

又是一个浓雾弥漫的早晨，我的耳畔回荡起他的话来：“你有什么想法，你只管讲出来。你是导演，我们都是来为你服务的。”我真是一个反应迟钝的家伙，现在才想起那个场景应该换一个拍摄方式，只是我们已经散场，各在一方。要是他在，他总会安慰我：“电影是遗憾的艺术，这部电影留下的遗憾，下一部电影补上。”是的，我们会再次携手合作，不是《都匀清欢》，会是《长顺如意》，或者《在慢慢的时光里等你》，或者《直到剑江的尽头》，或者《地球最后的爱情》……这是一段长长久久的旅程，《云在江口》只是打开了一扇门，我们从这扇门里走出来，走向太阳升起的地方，并一如既往。

6月13日　都匀

他总是笑眯眯的，他总是慢悠悠的，他总是用公筷给人夹菜，他总是用公勺给人盛汤，他的世界里，倾听比滔滔不绝重要，他总是很认真地看着你，听你一字一句把话说完。他的眼神里饱含深情，他的一举一动，让人如沐春风。一个人要经历人生多少事，才练就温文儒雅的秉性；一个人要看透人间多少人，才明白倾听是一件多么重要的事情。从他身上，我慢慢懂得，无论多么艰难的事情，只要是对社会有益，一定会赢得众人的支持，无论多么难走的路，只要利益众生，最终都会变成康庄大道。"乡恋三部曲"是他提出来的，之前我定义为"乡愁三部曲"，轻轻一句话，简单一个字，他让我明白，人间烟火，处处温柔。从此，"乡愁三部曲"变成"乡恋三部曲”，亦即《云在江口》《都匀清欢》《长顺如意》。那天他来探班的情形历历在目，我有些不知所措，我请他坐监视器前，他笑着轻轻转到身后。没有多余的一句话，眼神里只是满满的信任。我懂得，他鼓励我尊重自己的内心去拍，一切都是人间美好。他是《云在江口》的监制杨玉冰先生，中国影视界，最最低调的大咖之一。他教会我很多很多，也让我明白很多很多。他是智者，亦是老师。旅程开启，唯有感恩。

6 月 16 日　都匀

我们，步履不停的我们。我们，蓦然回首的我们。曾经的居所，成为植物的天堂。那些欢声笑语，已成过往。时间是一把刀，想割谁就割谁。走过的无不遍体鳞伤，经历的都是野蛮生长。我们，悄无声息的我们。我们，吵个不停的我们。后来呢？后来的后来呢？历史没有记录，我们不如砖瓦。

6 月 19 日　都匀

那天的风好大，那天的人好多，那天的事不少。《云在江口》历历在目，梵净山上杜鹃花开。一切已成过去，愿艺术地久天长。

6月21日　都匀

拍电影留下的后遗症：喝可乐，大口吃肉及晚睡。自己成了自己最讨厌的人。长胖了两斤，脸黑了几层。再拍下去，抽烟喝酒都有可能，成为小肥肥指日可待。导演这行当，是把别人拍美了，把自己作弄丑了。迫不得已，不要去干。切记。

6月22日　都匀

剧组里没有人不怕她，也没有人不喜欢她。她说起话来就像放连珠炮，做起事来就像狂风暴雨。她爱憎分明，脾气上来，吼人无数，天摇地动。但她对事不对人，事情解决，一切又温暖如春，对每个人关怀备至。她爱世间一切，尤其是小朋友，她对他们好得不行，她和每一位孩子相处，都会成为知心姐姐。她心地善良，一件事情的开始，会让她情绪激昂，一件事情的结束，会让她泪流满面。

她热爱电影胜过一切。你千万不要和她聊电影，千万别，尤其是在你忙的时候，否则你这一天就废了。世界上的优秀影片，她如数家珍，对于自己的从影经历，她可以从刘晓庆在她家乡拍《芙蓉镇》聊起，到她做制片人的每一段往事，会给你讲得像悬疑故事般一波三折，精彩迷人。

她总是激情满怀，又无比耐心，对于我这种做事慢慢悠悠的人，她能等，并保持笑容。她胆子很大，是我见过的最大胆的女人。我以前觉得我太太最大胆，辞掉工作跟着我满世界疯跑。现在看来，真是小巫见大巫。我说我想自己导，她居然同意了。我太太说："对于没有做过电影的人去尝试，这可不是开玩笑，是一场惊心动魄的冒险，万一导砸了呢？"她说："没问题，艺术没有边界。电影界包容任何风格的电影，尤其是作家电影。"她看起来大大咧咧，做起事来精益求精。筹备期间，不分昼夜地带着编剧团队和我反复讨论剧本；挑选演员时，让我与从影多年、经验丰富的摄影指导、美术、执行导演、摄影师、服化道、制片主任等主创一一座谈，他们是我的合作伙伴，她要让我了解他们每一人，更重要的是让他们每个人都了解我。这和我写小说不一样，这是团队作战的工作，缺少谁的密切配合都不行。开机后，每天都是征战，导演必须清醒如初，表达清楚，指令准确。她时常提醒我。她几乎每天都在片场，盯得比谁都紧。一些我想不到的细节，她会提出来，当天解决不了，晚上头脑风暴解决。我有几回困得不行，好希望她不要出现在片场，这样晚上不用再“风暴”，能早点睡觉。但越是这样想，她越是出现，有时心里会冒出这样的想法，这哪是工作狂人，简直是工作狂魔。第二天一早，我和摄影指导高子逸老师吐槽：“做电影这一行不是人干的。”高老师安慰我：“你说得对，我刚参加工作那几年也这么认为，现在还是这么认为。”

一部院线电影，启用一个新导演，没有从业经验的电影新人，资金、创作、发行、宣传、安全、进度……方方面面的压力会让制片人喘不过气来。想想那段时间最睡不着的人一定是她。可能是做电影练就了她随时随地休息的本领。每天的任何一个时间，她都能闭上眼睛，有时候大家在闲聊，她却睡着了。这可能是她长期晚睡却活力四射的秘诀。

我问她做了几十年电影，厌不厌，她说这是一件会上瘾的事，不信走着瞧。我以前对这句话嗤之以鼻，现在发现这是真理。电影是遗憾的艺术，前面留下的遗憾，你总想在后面弥补，这条路永无止境又充满诱惑。不过，太苦太累，我不想再干。电影杀青那天，我说《云在江口》是我做导演的第一部，也是最后一部。她说一部电影的结束是另一部电影的开始，要我必须坚持拍下去，她会一直支持我。我之前只是为了完成一个心愿，但现在却是走上了一条不归路，我不想走，却被她带着一帮疯狂的电影人推着前行。

她叫米子，中国唯一两次入围奥斯卡并获奖的女制片人。没有她就没有《云在江口》这部电影，也不会有导演山峰。手记第一个要感恩的是她，但放在第三个，想到三生万物，因为我的初生牛犊不怕虎，让越来越多的人有勇气走上电影之路，因为她的伯乐精神，世间有更多不一样的好电影。感恩米子！